十津川直子の事件簿

西村京太郎

祥伝社文庫

目次

百円貯金で殺人を

1

三月に入ったのに、寒い日が何日も続いていたのだが、この日、二十四日は、やっと春らしい一日になった。夕方になっても、昼間の暖かさが、残っている感じだった。

小田原《おだわら》警察署湯河原《ゆがわら》交番の、花井《はない》巡査長は、JR湯河原駅と、海岸沿いを走る国道一三五号線の間にある道路上に、不審な軽自動車が、何時間も前から駐《と》まったままでいることに気がついて、自転車から、降りると、運転席を覗《のぞ》き込んだ。

薄暗い運転席に、女性が、うつぶせに倒れているのが見えた。

花井巡査長は、さらに確かめようと懐中電灯をつけた。

今度は、はっきりと、二十代の若い女性が倒れているのが見えた。

運転席のガラス窓を叩《たた》いてみたが、女性が、起き上がる気配がない。

そのうちに、その女性の、こめかみのあたりに、血がにじんでいるのが、分かり、花井巡査長は、慌《あわ》てて消防署と交番に電話をかけた。

駆けつけた救急車の救急隊員が降りてきて、軽自動車の中に倒れている、若い女性を調べたが、すでに、死亡していることを、確認するだけになってしまった。頭部を数回殴《なぐ》られていることも分かった。明らかに殺人である。

神奈川《かながわ》県警のパトカーと鑑識がやって来た。

車内で死んでいた若い女性は、持っていた運転免許証から、金子真由美《かねこまゆみ》、二十四歳と、分かった。

県警が調べたところ、被害者の女性は、背後から重い鈍器《どんき》、おそらく、鉄パイプのようなもので、殴られたのだろうと、推測された。

それも、一度だけではなく、何度か頭部を殴られたため、頭蓋骨《ずがいこつ》が、陥没《かんぼつ》していた。

被害者、金子真由美の死体は、直《ただ》ちに、小田原警察署に運ばれ、捜査本部が設置された。

運転免許証にあった住所は、東京《とうきよう》都世田谷《せたがや》区内の、マンションになっている。乗っていた軽自動車の、ナンバーも、品川《しながわ》ナンバーだった。

この事件を、担当することになった神奈川県警の及川《おいかわ》警部は、被害者のものと思われるハンドバッグの中に、財布やハンカチ、簡単な化粧道具と一緒に、一冊の郵便局の貯金通帳が、入っているのを発見した。

その通帳は自宅近くの郵便局が発行したもので、神奈川県内湯河原周辺の三つの郵便局で、今日三月二十四日の日付で、百円ずつ貯金していることが分かった。

「それは、局メグといって、日本じゅうの郵便局をまわって、百円ずつ貯金をして、通帳に印字してもらうという、郵便局巡りのマニアが、結構いるんですよ。最近、ちょっとしたブームになっていると聞いています」

若い二宮《にのみや》刑事が少しばかり得意げに、及川に、いった。

「郵便局をまわって、百円ずつ貯金して歩くマニアがいるのか?」

「そうです。私の友だちにも一人いますよ。たしか、日本全国には、二万局以上の郵便局が、あるそうで、それを、まわって百円ずつ貯金をして、貯金通帳への記帳を集めるんですが、その二万局以上の郵便局を全国制覇《せいは》するのが楽しいんだそうです」

二宮刑事の言葉を、裏付けるように、被害者の、財布の中には、六千円のお札のほかに、百円玉が、十二枚入っていた。多めに百円玉があるのは、百円貯金するために、用意していたものと思われる。

(おそらく、殺されていなければ、明日も郵便局まわりをするつもりだったのだろう)

と、及川は、思った。

2

神奈川県警からの要請を受けて、警視庁捜査一課の三田村《みたむら》刑事と、北条早苗《ほうじようさなえ》刑事の二人が、翌日の二十五日、世田谷区内の、被害者のマンションを訪ねていった。世田谷区世田谷四丁目にある八階建てのマンションである。

その最上階に、捜査要請のあった金子真由美が、住んでいた。

管理人に案内してもらって、二人は、２ＤＫの部屋に入った。

部屋の中を見ると、一人住まいの感じはなかった。そのことを、北条早苗が、管理人にいうと、

「ええ、ここには、お二人で住んでいました」

と、いう。

「男性と二人ですか？」

「いえ、男性ではなくて、年上の、女性の方と一緒です」

「それで、その年上の女性というのは、どんな人ですか？」

三田村が、きいた。

「そういえば、最近は、姿を、お見かけしないですね」

「何という名前ですか？」

「たしか、戸田《とだ》さん、戸田加奈《かな》さんと、聞いています」

管理人が、いった。

二人の刑事は、部屋の中を調べた。

衣裳《いしょう》ダンスには、明らかに、二人分の洋服や靴などが入っている。同居していたという、戸田加奈という女性の、写真を手に入れたかったのだが、机や三面鏡の引き出しをいくら調べても、その女性と思われる写真は、見つからなかった。

もう一つ、二人の刑事が、見つけたいと思ったのは、郵便局の、貯金通帳である。

神奈川県警からの連絡によれば、殺された金子真由美という女性は、百円を貯金した湯河原周辺の郵便局の記帳のある、通帳を持っていたという。もし、彼女が、局メグというマニアならば、ほかにも、何冊かの貯金通帳を、持っているに違いないと、考えたのだ。

しかし、なぜか、部屋の中からは、一冊も見つからなかった。

どこかに保管しているのか、それとも、同居していたという、戸田加奈という女性が、持ち去ってしまったのか？　あるいはまた、局メグのマニアというのはウソなのか。

写真が、一枚も、見つからないので、二人の刑事は、マンションの管理人に、協力してもらって、とりあえず、戸田加奈という女性の、似顔絵を作ることにした。

似顔絵を描きながら、北条早苗刑事が、管理人にきいた。

「この二人は、最初から、同居していたんですか？」

「いえ、最初は、金子さんが一人で、この部屋を、お借りになったのです。一年半くらい前です。今年になってから、戸田さんが同居するようになったんです」

「亡《な》くなった金子さんが、どんな仕事をしていたのか、分かりますか？　勤めていた会社でも分かればありがたいんですが」

「それは、聞いたことがありませんので、私には、よく分かりません」

「戸田さんのほうは、どうですか？」

「それも、分かりません。あのお二人とは、それほど、ゆっくり話をしたことが、ないんです」

「二人は、時々、旅行に出かけたりはしていませんでしたか？」

「そういえば、お二人で車に乗って、時々、お出かけになっていらっしゃいましたよ。と、いっても今年になってからですが。土日ではなくて、なぜかウィークデイでしたね」

管理人が、いった。

二人が、ウィークデイに、出かけていたということで、二人の刑事は、うなずいた。たぶん、二人とも、全国の郵便局をまわっていたのだろう。郵便局は、土日が休みだから、百円貯金をするためには、郵便局が開いているウィークデイに行かなければならないからである。

似顔絵ができ上がった。

裏に、北条早苗刑事が、管理人の証言を書き加えた。身長は、百七十センチぐらいで、体重六十キロくらいだろうという。女性としては、かなり、大柄のほうだろう。

「どんな旅行か、二人が話しているのを聞いたことがありますか？」

と、三田村が、きいた。

「話を聞いたことがあるんですが、ただ、旅行が好きということだけしか、二人は、話しませんでしたね。二回か三回、旅先からのお土産《みやげ》をもらったことがありますよ」

と、管理人が、いった。

さらに詳しくきくと、二人が、旅行に行くようになったのは、戸田加奈が、同居するようになってからで、金子真由美が、一人で住んでいた時には、ほとんど旅行に行くことは、なかったといった。

3

三月二十五日、神奈川県警では、被害者が持っていた通帳に記帳されていた三つの郵便局に、刑事を行かせて話をきいた。

二つの郵便局では、たしかに、三月二十四日に、金子真由美という女性が、やって来て、百円を貯金したと、答えた。

「その時、同じ時間に、もう一人の方の、百円貯金もしましたよ。戸田さんという名前で、背が高い方ですよ」

しかし、時間的には最後に当たる、三番目の郵便局では、金子真由美一人だけが、百円の貯金をしたが、戸田加奈という女性の貯金をしたことはないと、局員がいった。

その郵便局では、被害者の、金子真由美だけが、一人でやって来て、百円の貯金をしたらしい。

「やはり、この戸田加奈という女性が怪しいですね」

二宮刑事が、捜査本部に戻ってきて、及川に、いった。

「しかし、二人は、東京の世田谷区内の同じマンションに、同居しているんだし、ほかの二つの郵便局では、一緒に、二十四日に、百円の貯金をしているんだ」

「たぶん、その後で、ケンカにでもなったんじゃないかと思いますね。だから、別行動を取った。だとすれば、今のところ、犯人の可能性が、高いですね」

「しかし、それだけで、戸田加奈を、犯人だと、断定はできないだろう。事件に、巻き込まれている、可能性もある。まず、戸田加奈の、行方《ゆくえ》を、探すことだな」

と、及川が、いった。

被害者、金子真由美の司法解剖の結果が、報告されてきた。

死亡推定時刻は、三月二十四日の午後五時から六時の間。胃の中の内容物から、夕食を取った後に、殺されたとは考えにくい。ただ、胃の中には、アルコール分が残っていた。

被害者が、神奈川県内湯河原の街で貯金した百円貯金の通帳によれば、第一の郵便局で、百円が貯金されたのは、二十四日の午前十時八分、二局目の貯金は、午後十二時五分、最後の、三局目は午後三時十分であることが分かった。

二つ目の郵便局と三つ目の郵便局の間に、三時間の差が、あることから、被害者は、どこかで軽い昼食を取ったのではないか？

そう考えて、刑事たちは、湯河原周辺の飲食店を、片《かた》っ端《ぱし》から調べていった。

その結果、被害者は、十二時半頃に、駅近くの蕎麦屋《そばや》に入って、昼食に鴨南蛮《かもなんばん》を食べたことが分かった。

その店に、刑事が、戸田加奈の、似顔絵の写しを持っていって、店員に見せると、

「ええ、この方も一緒でした」

と、いう。

さらにきくと、店員は、

「そういえば、お食事中に、電話が、かかっていましたね」

「二人のうちの、どちらに、電話がかかってきたんですか？」

と、刑事が、きくと、

「背の高い女性のほうにです。食事中だったんですが、電話がかかってくると、食事を途中でやめてしまって、すぐに、店を出ていかれました」

店員が、いった。

「もう一度確認しますが」

と、刑事が、いった。

「外から電話がかかってきたのは、背の高い女性のほうで、その電話の後、食事を、最後までしないで、一人で、店を出ていった。そういうことですね？」

「はい、そうです」

「その時ですが、金子真由美さんのほうは、そのまま店に残って、一緒には出ていかなかったんですね？」

「ええ、もう一人の方は、食事を済ませてから、お帰りになりました。背の高い方が出ていってから、十五分くらいしてからです」

と、店員が、いった。

「その話が本当だとすれば、戸田加奈が犯人の線は、薄くなったんじゃないか」

と、及川警部が、いった。

「戸田加奈は、何か急用ができて、先に帰り、被害者は、その後一人で、三番目の、郵便局に行ったんだ。それを、先に、蕎麦屋を出た戸田加奈が、待ち伏せしていて、金子真由美を殺したとは考えにくいな」

もう一つ、分かったことがあった。

湯河原周辺の郵便局で、被害者、金子真由美と、少し年上の戸田加奈の二人が、一番目と二番目の郵便局では、一緒に百円貯金をしている。その時、二人に対応した一

番目の駅前郵便局の局員に、いわせると、

「通帳をお渡ししても、すぐにお帰りにはならなくて、しばらく、椅子《いす》に、腰を下ろして、二人でおしゃべりをして、いらっしゃいました。それから、湯河原の周辺でも、私たちと、同じように、百円貯金をしている人がいますかと、きかれましたよ」

と、いうのである。

二番目の郵便局でも、金子真由美と、戸田加奈は、同じように、局員に、湯河原の周辺でも、局メグをしているマニアがいるかどうかを、きいていることが、分かった。

しかし、三番目の郵便局だが、ここには、金子真由美一人だけが来て、百円貯金をしている。彼女は、ここの局員には、何の質問もしなかったと分かった。

「被害者と、戸田加奈の二人は、湯河原の郵便局をまわりながら、自分たちと、同じようなマニアが、いるかどうかを、きいているということは」

刑事の一人が、いった。

「自分たちと同じマニアを、探していたことになりますか？」

刑事の一人が、及川の顔を、見た。

「その可能性もある」

及川は、短くいった。

4

二十五日の夕刊各紙に、この事件のことが、かなり大きく、報道された。殺されたのが若い女性で、珍しい局メグのマニアだったからだろう。

それでも、肝心《かんじん》の容疑者は、一向《いっこう》に浮かんでこなかった。

殺されたのが、神奈川県の女性ではなく、東京に住所のある女性だったし、発見された時の所持金も六千円と、百円玉が十二枚。それが、奪われていなかったし、湯河原駅周辺の三つの郵便局の二つまでは、被害者と一緒にまわっていた、戸田加奈の行方は、分からなかった。

もう一つ、被害者の金子真由美も、同居人の戸田加奈も、警視庁が、不動産会社に、問い合わせた結果、特定の会社に、勤めているとは思われず、どうやら、派遣の仕事をしていると考えられた。

及川たちにとって、第一の問題は、犯人の動機が分からないことだった。

今のところ、唯一、容疑者と考えられるのは、戸田加奈という女性だが、警視庁からの報告によれば、二人は、同じマンションの、同じ部屋に住み、二人が、ケンカをしているところは見たことがないと、管理人が証言しているという。

湯河原周辺の郵便局でも、二人は仲よく、百円貯金をしていたという。そんな二人が、突然、相手を殺すような憎しみを持ったとは、考えにくい。

（局メグというマニアックな行動自体が、殺人に結びついているのだろうか？）

と、及川警部は、考え込んでいた。

5

十津川《とつがわ》が家に帰ると、妻の直子《なおこ》が、夕刊を手に取って、

「この事件なんですけどね」

十津川は、直子の示した新聞記事に、目をやって、

「被害者が、局メグをしているマニアの一人だという事件だろう？　この事件なら、神奈川県警の要請で、捜査に協力している。被害者も容疑者の一人も、東京の人間だからね」

「新聞によると、亡くなった、金子さんと、連れの女の人が、最初に、百円貯金をし

た郵便局が、湯河原駅前の商店街にある小さな郵便局だと書いてあるの。郵便局の名前が、駅前郵便局」

「その郵便局に、何か、気になることでもあるのか？」

「この郵便局の、局長さんは、私の友だちのお父さんなの。お父さんが局長で、局員は、娘さん一人。親子二人でやっていると、書いてあるわ。この小さな郵便局だけど、前に、強盗に襲われたことがあって」

「ちょっと待ってくれ。たしかに、その話、前に、君に聞いたことが、あったな？」

「二年前の三月に、私が、この郵便局の娘さんと友だちなので、温泉に入りに来ないかと、前から誘われていて、出かけていったことが、あったでしょう？」

「たしか、その時に、君は、その事件に、遭遇したんだったな？」

「遭遇したといっても、正確にいえば、事件が起こった直後と、いうべきかしら。犯人は、その郵便局で百万円を奪って逃げたんだけど、逃げる時に、郵便局の前で、私とぶつかったのよ」

「ああ、そうだったね。しかし、犯人は、もう捕まったはずだよ」

「ええ。その時も今も、局長さんは森田《もりた》さんで、その娘の美弥子《みやこ》さんと、私は、友だちなの。事件が起きた時、もう一人、森田さんの甥《おい》の高木《たかぎ》さんという人が、局員だったんだけど。事件の時、皆さんが犯人について、警察に証言して、それが決め手になったの。私も証言したわ」

「そうか、犯人が、捕まってよかったじゃないか」

「ええ」

「今回の事件では、この駅前郵便局は、問題になってはいないんだ。ただ、被害者が、この郵便局にも、友だちと二人で、百円貯金をするために、寄っただけだからね」

「それはそうなんだけど、新聞の記事の中には、二年前の強盗事件のことを書いているのよ。それも、何かの因縁《いんねん》みたいな書き方だから、きっと美弥子さんも、いやな気分になっているんじゃないかと思って」

と、直子が、いう。

「そんなに、心配なら、明日、湯河原に、行ってきたらどうなんだ？」

「構わない？」

「ああ、いいとも。私のほうは、これといった事件がなくて、刑事二人が、神奈川県警の要請で、今回の事件について、調べているだけだから」

と、十津川が、いった。

6

翌日、直子は、湯河原に向かった。

二年前に来た時もだが、駅前の商店街は活気がなくて、いわゆる、シャッター商店街になっている。

直子は、美弥子の仕事の邪魔をしてはいけないと思い、わざと、郵便局の閉まる直前に、電話をかけた。

直子が、夕食を一緒にと誘うと、美弥子は、湯河原駅前で会うことを約束した。

午後六時に、落ち合い、美弥子が案内してくれたのは、海岸近くの、天ぷらの店だった。

その二階の窓から、海岸線に目をやると、国道一三五号線沿《ぞ》いには、大きなスーパーマーケットがあったり、パチンコ店があったり、ハンバーガー店や、回転寿司などのチェーン店が軒《のき》を並べていて、駅前商店街と比《くら》べると、こちらのほうは、かなり、賑《にぎ》やかである。繁華街が移動したのだろう。

美弥子は、やはり、新聞一紙が取り上げていた、二年前の、強盗事件のことを、気にしていた。

「やっぱり、気になる？」

と、直子がきくと、

「気にしないようにしているんだけど、前にも、東京の弁護士さんから電話が入って、今、犯人として、刑務所に入っている五十嵐《いがらし》という男は、無実の可能性が強い。冤罪《えんざい》かもしれない。そういって、二年前の事件のことを、根掘り葉掘りきいたりされたのよ。弁護士さんは、一生懸命やっているみたいだけど、こっちにしてみれば、あれは、もう終わった事件で、忘れたいと思っているのに」

「その弁護士がいっているように、刑務所に入っている五十嵐という人が、無実だとしたら、ほかに、犯人がいるということに、なってくるわけでしょう？」

「ええ」

「弁護士は、誰が真犯人だと思っているわけ？」

「そうなると、あと一人しかいないわ。あの時、私と一緒に、局員をやっていた、従兄弟《いとこ》の高木くん。一度は、容疑者扱いにされたから、今も弁護士さんは、彼が真犯人だと、思っているみたいなの」

「その高木さんは、今、どうしているの？」

「いろいろといわれたので、あの事件の後、郵便局を、辞《や》めてしまったんだけど、今は立ち直って、今年の秋には、結婚することになってる」

「よかったじゃないの」

「ええ」

「それで、あなたのほうは、どうなの？」

「どうって？」

「結婚よ。しないの？　まだ一人でいるみたいだけど」

直子が、きくと、

「考えたこともないわ。結婚なんて面倒くさくて」

と、いって、美弥子が、やっと、笑った。

「あなたは、そうかもしれないけど、お父さんは、一日も早く、結婚してもらいたいと、思っているんじゃないの？」

「そうかもしれないわ。早く孫の顔が見たいということもあるから」

「二年前の事件と、今回の殺人事件とは、何の関係もないわけでしょう？　たまたま、あなたが勤めている郵便局に、被害者と友だちが、百円貯金をしに来ただけなんだから」

と、直子が、いった。

「それは、そうなんだけど、少し、気になることもあるの」

「どんなこと？」

「駅から歩いて十五、六分のところに、本局があるの。普通の局メグのマニアなら、最初に、本局に行って、百円貯金をするんじゃないかと思うのよ。それなのに、本局には行かず、小さな郵便局ばかりを選んで、まわっている。それが、不思議だという人もいるのよ」

「それは、大きな本局に行くのはつまらないので、小さな郵便局を探して、そこに、百円貯金をしたんじゃないのかしら？」

「私も、そう、思っているんだけど」

「いまだに、どうして、本局に行かなかったのかを、不思議に思っている人がいるわけ？」

「そうなの」

「あなたの郵便局に、二人がやって来て、百円貯金をしたわけでしょう？　被害者と一緒に来た、戸田加奈という女性だけど」

直子は、ハンドバッグから、出発前に、警視庁に寄って、夫の十津川から、無理をいって、もらっておいた、戸田加奈の似顔絵のコピーを、取り出して、見せた。

「この人だった?」

美弥子は、笑って、

「これで二度目だわ。警察の人が来て、被害者と一緒にいたのは、この人じゃありませんかと、同じものを見せられたわ」

「それで?」

「はっきり、この人だと、断定はできないけど、似ていることは、よく似ていますとだけ、いったんだけど」

「じゃあ、この似顔絵は、よく似ているわけ?」

「ええ、似ていると、思う」

「それなら、事件の解決も、近いと思うわ。せっかくの似顔絵が、全然似ていないという場合もあるみたいだから」

直子が、いった。

「あなたは、ご主人の、手助けをしているわけ?」

美弥子が、きいた。

直子は、小さく手を横に振って、

「主人とは、関係ないわ。第一、主人は、今回の事件を、捜査していませんから」

「ところで、しばらく、こちらにいられるの？」

美弥子が、きく。

「そうね、主人は、温泉にでも、浸《つ》かって、ゆっくりしてきなさいといってくれているから、三、四日は、こちらにいたいと、思っているわ」

「それじゃあ、私が、湯河原を、隅《すみ》から隅まで案内してあげるわ」

と、美弥子が、いった。

7

神奈川県警の捜査本部に、東京から、参考資料が送られてきた。

殺された金子真由美と、戸田加奈の二人に関する、ものだった。

それによると、戸田加奈と、死んだ金子真由美は、同じ大学の、先輩と後輩で、現在、これといった、決まった仕事はしていないが、温泉の地熱《じねつ》や、風力などを使ってエネルギーを生み出す方式を研究したり、推進する、NPOに入っている。

二人は以前、そのNPOの一員として、一回か二回、箱根《はこね》、熱海《あたみ》、湯河原と繋《つな》がる温泉地帯を調査しに来たことがあるという。学術的な調査ではなく、写真に撮《と》るぐらいの簡単なものらしい。

したがって、二人の仕事は、自然エネルギーを研究し、推進するＮＰＯの会員であり、日本じゅうの郵便局をまわって、百円貯金をするのは、楽しい趣味、遊びだったと思われると、東京からの報告には、書かれてあった。

8

依然《いぜん》として、戸田加奈、三十歳の行方はつかめない。

「やはり、この戸田加奈が、犯人の可能性が大きいですね」

捜査会議で、及川警部が、捜査本部長の県警本部長に、いった。

「しかし、被害者の金子真由美と、君が容疑者だという戸田加奈とは、仲がいいという、東京からの報告もあったんじゃないのかね？」

「たしかに、二人は大学の先輩と後輩で、現在、自然エネルギーを研究しているＮＰＯの会員になっていますし、東京の世田谷区内のマンションに、一緒に住んでいました。しかし、本当に、仲がよくて、戸田加奈が、犯人でないのなら、どうして、彼女は、警察に、連絡してこないのでしょうか？　逃げまわっていれば、自分が、疑われることは、分かっているでしょうし、それに、今回の事件について、戸田加奈が、何も知らないということは、考えられません。事件に、巻き込まれた可能性も、ゼロではありませんが」

と、及川警部が、いった。

「すると、君は、戸田加奈という女性は、あくまでも犯人で、逮捕を恐れて逃げまわっていると、考えているわけだね？」

本部長がいう。

「当然、この戸田加奈を、発見できる自信はあるんだろうね？」

「現在、全国の警察に、戸田加奈の似顔絵をプリントして送り、この女性を見かけたら、身柄を確保し、すぐ連絡してくれるようにと、要請しています」

「それで、何か連絡があったのかね？」

「残念ながら、まだ、一件の報告も来ておりません。しかし、戸田加奈が、逃げまわっているとすれば、必ず、網にかかるはずです」

自信を持った口調で、及川が、本部長に、いった。

「君は、戸田加奈が、仮に、容疑者だとして、現在、どのあたりに隠れていると、思っているんだ?」

本部長が、きく。

「戸田加奈と金子真由美の二人は、今年に入ってから、局メグ、いわゆる各地の郵便局をまわって、百円貯金をして歩くことを始めたことが、分かっています。それを考えると、戸田加奈は、やみくもに、逃げまわっているのではなくて、金子真由美と、同居していた、この三カ月間に、まわって歩いた、その時の記憶にしたがって逃げているのではないかと、思うのです。その時に、楽しかった地方があったり、あるいは、景色が、素晴らしかったところがあったはずです。おそらく、戸田加奈は、そういうところを、逃げまわっているのではないかと、思います。そうした条件に合う場所が分かれば、逮捕も簡単だと、期待しています」

と、及川が、いった。

及川警部は、二年前の強盗事件のことも、頭の隅にあった。だが、二年前の強盗事件が、今、担当している殺人事件と、関係があるとは思っていなかった。二年前の事件では、犯人は逮捕されて、事件の捜査は、終了していたからである。

しかし、この日の捜査会議で、及川は、二年前の強盗事件の犯人、五十嵐勇《いさむ》が、すでに、出所していることを、知らされた。それを口にしたのは、県警本部長だった。

「しかし、まだ、刑期が残っているのではありませんか？」

及川が、きいた。

「そうだが、模範囚《もはんしゅう》ということで刑期が短縮されて、三月二十三日に、出所している。殺人事件の前日だ」

「本部長には、どなたから知らせがあったんですか？」

「例の、あの人から連絡があった」

と、いって、本部長が、笑った。

「例の人というと、宇田川《うだがわ》さんですか？」

「今は、宇田川先生だ。刑期の短縮にも、尽力されたんじゃないのかな」

本部長は、また笑った。

宇田川五郎《ごろう》は、元警察庁の幹部で、現在は、保守《ほしゅ》党の代議士になっている。及川自身は、この宇田川五郎という人物に、会ったことはない。

二年前に郵便局強盗事件が起きた時、神奈川県警は、無職で、前科のある五十嵐勇、二十九歳を、犯人として、逮捕した。

その時に、五十嵐の逮捕は間違いだと、口を挟んできたのが、この、宇田川五郎だった。

「それで、釈放された、五十嵐勇は、今、どこにいるんですか？」

及川が、本部長に、きいた。

「それは、私にも、分からない。宇田川先生におききすると、事件を担当した、渡辺《わたなべ》弁護士のところに、行ったはずだと、おっしゃっておられたが、そうかどうかは、確認していないのでね。心配なら、君が渡辺弁護士に、当たってみてくれ」

と、本部長は、いった。

及川は、今回の殺人事件には、関係がないと思いながらも、何となく気になったので、念のために、東京に法律事務所がある、渡辺弁護士に連絡を取ってみた。

最初は、受付の女性が出て、その後、しばらく経《た》ってからやっと、渡辺弁護士本人が、電話口に、出た。

「五十嵐勇が、三日前の、二十三日に釈放されたことは知っています。連絡がありましたから。彼は、釈放されたら、まっすぐ私のところに来ると、面会の時には、いっていたのですが、なぜか知りませんが、いまだに、こちらに顔を出していないのですよ」

と、渡辺が、いった。

「三月二十三日に、出所したとすると、今日で三日経っていますが、五十嵐勇とは、まだ連絡が取れないのですか？」

「残念ながら、連絡が取れません。出所したらすぐ、こちらに連絡するか、あるいは、こちらに来ると、約束していたのですが、それを、守ってくれないので、困っているんですよ。今後の生活のことなど、相談をしたいのですが、それもできませんからね」

と、渡辺弁護士が、いった。

及川は、そこで、話を打ち切って、電話を切った。

今のところ、現在、担当している殺人事件に、五十嵐勇が関係しているという証拠は、どこにもなかったからである。

9

三田村と北条早苗刑事の二人は、神奈川県警からの要請を受けて、殺された金子真由美と、一緒に局メグをやっていた戸田加奈の二人が、正確にいつから、局メグをやっていたのかを調べることにした。

三田村と北条早苗は、ＪＲ中央《ちゅうおう》線の高円寺《こうえんじ》駅近くに、局メグの愛好者が集まる喫茶店があると聞いて、その喫茶店を訪ねてみた。

店の名前は「ポストカード」。三十代の夫婦がやっている店だった。オーナーの名前は、川村高志《かわむらたかし》、三十五歳、妻の友紀《ゆき》、三十歳。夫婦だけでやっている小さな喫茶店である。

三田村と早苗は、コーヒーを、注文して、局メグについて話をきくことにした。

川村夫妻は、まず自分たちが作った百円の貯金通帳を、見せてくれた。

「私たちなんかは、まだ、初心者みたいなもので、今までにした貯金は、三百局にもなっていません」

と、川村が、いった。

「ここには、東京の、郵便局のものがありませんね？」

三田村が、きくと、妻のほうが、

「東京地区は、最後のお楽しみに、取ってあるんですよ。今のところは、東京以外の場所を、まず、攻めているんですよ」

「貯金をするときは、やはり車を使うんですか？」

早苗が、きいた。

「そうですね。やはり車があれば、便利なので、車を使う仲間が、ほとんどですね。全ての郵便局が、駅の傍《そば》にあるんなら、列車を使ったほうが、いいのかもしれませんが、駅から離れた場所にある郵便局が多いので、どうしても、車でまわることになってしまうんです」

神奈川県、特に、湯河原周辺の貯金も多かった。問題の駅前郵便局の貯金も、二年前に、夫婦の名前でされていた。

「この駅前郵便局ですが、ここで、事件があったことは、ご存じですね？」

三田村が、きいた。

「ええ、もちろん、知っていますよ」

川村が、いい、妻の友紀は、笑いながら、

「新聞社からも、二、三、問い合わせがあったんですよ」

「どんな、問い合わせですか？」

「金子真由美さんと、戸田加奈さんの二人を知らないかと、きかれました」

「川村さんは、二人をご存じなんですか？」

「店に見えたことがあるんですよ」

「それは、いつ頃ですか？」

「たしか、今年の二月じゃ、なかったですかね」

川村は、カウンターの中から、一冊の大学ノートを、持ち出してきた。

「ウチが、局メグの好きな人が集まる店だということで、皆さん、ここに来ては、このノートに、署名していかれるんですよ」

川村は、ページをくっていたが、

「ああ、これですよ」

そこには、金子真由美と、戸田加奈の二人の名前が、書いてあり、

「まだ初心者です。よろしくお願いします。分からないことが多いので、いろいろと教えてください」

と、サインペンで、書いてあった。

日付は、今年の二月八日になっている。

「ここに、二月八日の日付が書いてありますが、二人が来たのは、この日だけですか?」

「この日だけだったと思いますよ」

「その後、二人から、電話があったりしたことは、ないんですか?」

「一度も、ありません」

と、友紀が、いった。

「あの二人は、あまり、熱心な局メグのマニアじゃないんじゃないかしら？」

「いや、ほかに、仕事があって、そっちが忙しいんじゃないのか？」

と、川村が、口を濁《にご》すような、いい方をした。

三田村と、北条早苗の、二人の刑事は、夫婦の、ものいいに、何となく、違和感を覚えた。

早苗は、川村夫妻が、見せてくれた通帳の中から、湯河原周辺のものだけを、抜き出した。

「ここに、湯河原の、本局でした貯金がありますね？」

「ええ、湯河原の本局は、国道一三五号線の方向にある郵便局ですが、そこで二人で、百円貯金をして、いろいろな情報を、教えてもらいました。どこに、何という郵便局があるのかとか、食事する場所とか、温泉情報とかです。親切に教えてくれましたよ」

「もう一つ、伺《うかが》います。駅前郵便局で貯金された日付のことですが、二年前の三月十日に、この郵便局で強盗事件があって、百万円が奪われています。こちらの通帳の日付を見ると、駅前郵便局で貯金をしたのは、あの事件の、直後三月二十日になっていますね？　もしかすると、あの事件のことを、知っていて、行かれたんですか？」

三田村が、きくと、川村は、笑って、

「まさか。事件のことは、後になってから、知ったんですよ」

三田村刑事が、川村夫妻と、話をしている間、早苗は、もう一度、大学ノートをめくっていった。

すると、今年の三月十日のところにも、金子真由美と戸田加奈の名前があったが、なぜか、サインペンで、二人の名前が、消されていた。

早苗が、それを、川村夫妻に示して、

「金子真由美さんと、戸田加奈さんの名前を、棒線で消してありますが、何かあったんですか？」

「実をいうと、その後、また、来られたんですよ。ウチの店は、局メグのマニアの人たちがよく集まるので、一応、会員制ということにしてあるんですよ。あまり変な人に、来られても困りますからね。その金子さんと戸田さんの場合は、最初に来た時は、感じが良かったので、会員になってもらっても、いいなと思ったんですが、実は、二度目に、見えた時に、少しばかり、まずいことがありましてね。それで、二人の名前を、消してしまったんです。そうだ、二月八日のところも消さなきゃいけないんだ」

川村が、わざわざ、サインペンで、二人の名前を、消して見せた。

「まずいことって、どんなことがあったんですか？」

三田村が、川村夫妻に、きいた。

「それは、二人にとって、あまり名誉なことではありませんから、申し訳ありませんが、お話ししたくありませんね」

と、川村が、いった。

「実は、この二人について、事件が、起こっていましてね。もちろん、ご存じだとは思いますが」

「ええ、もちろん、知っています。さっきも申し上げたように、新聞社から、戸田加奈さんの、行方について、電話で、いろいろと、きかれていますから。でも、私たちも、戸田加奈さんが、今、どこにいるのか、まったく知らないのです」

「殺された金子真由美さんの事件で、われわれは、戸田加奈さんの行方を、探しているんです。それで、何か問題があって、金子さんと戸田さんを会員にしなかったという、その、問題というのが、いったい、どういうことなのか、教えていただきたいのです。捜査の参考になると、思います」

三田村が、頼んだが、

「私の口から、警察に、お話しすることはできませんね。私がしゃべったことで、戸田加奈さんが、殺人事件の犯人にされてしまっては、申し訳ありませんから」

川村は、頑固《がんこ》だった。

10

その日、三月二十六日、直子は、湯河原の町の高台にある旅館、「ふきや」に泊まることにした。

今日一日、妙に気疲れして、直子は夕食の後、温泉にも入らずに、すぐ、布団《ふとん》に横になってしまった。

久しぶりに、友人の美弥子に会ったのに、なぜか、美弥子の態度が、よそよそしいものだったからである。

それに、何か悩みがあって、その悩みのために、疲れ切っているようにも見えた。

三月二十四日に起きた奇妙な殺人事件は、東京の二人の女性が、局メグという旅行をしていて、その一人が、殺されてしまったというものだった。

容疑者と目されているのは、一緒に郵便局をまわっていた女性で、美弥子の勤めている駅前郵便局とは、何の関係もないと、直子は、思っていた。

それなのに、なぜ、美弥子が怯《おび》えているのか、最初は、まったく分からなかったのだ。

しかし、話をしている間に、美弥子が、本当に恐れているのは、二年前の三月に起きた、彼女のいた駅前郵便局の百万円強盗事件らしいと、直子には、分かってきた。

なぜだかは、分からないが、二年前の三月の強盗事件と、今回起きた殺人事件とが、美弥子の頭の中では、しっかりと結びついているらしい。そんな気が、直子にはしてきた。

そこで、直子は、二年前の三月十日午後三時すぎに起きた百万円強盗事件のことを、考えてみた。

実は直子も、ほんの少しだが、あの事件に関係していたのである。

あの日の午後三時すぎ、駅前郵便局で働いている美弥子に会いに、直子は、訪ねていった。

郵便局の前まで来た時、突然、中から飛び出してきた男に、ぶつかった。

その男が、強盗事件の犯人、五十嵐勇だったのである。

直子は、突然、屈強《くっきょう》な男にぶつかって、その場で、転《ころ》んでしまい、大声で、男に文句をいった。

その後、ドアを開けて、郵便局の中に入ってみると、中は、ひどいことになっていた。

局長の森田は、椅子にすわり頭を抱《かか》えていた。後頭部から血が流れていた。

局員が二人いて、そのうちの、娘の美弥子が、血を流している父親の森田の頭に、包帯を巻こうとしていた。

そして、猛烈な灯油の臭いがした。

美弥子は、局長の森田の頭に包帯を巻きながら、

「今、強盗が入ってきて」

と、いった。

「灯油も、その強盗が撒《ま》いたの？」

と、直子が、きいた。

「犯人が、灯油の缶を蹴飛《けと》ばしたんで、流れちゃったの」

と、美弥子が、いった。

もう一人の局員、高木という従兄弟は、ただ茫然《ぼうぜん》としているように見えた。

「警察には、もう電話をしたの？」

直子が、きいた。

「これからするつもり。その前に、父の頭に包帯をしないと」

美弥子が、いうので、

「じゃあ、私が一一〇番してあげるわ」

直子は、自分の携帯電話を使い、一一〇番した。

その途中で、

（表でぶつかった男が、犯人だったんじゃないかしら？）

と、思った。

パトカーが、サイレンを鳴らしながらやって来て、直子も証人になってしまった。

身長百八十センチぐらいの大柄な若い男が入ってきて、いきなり、森田局長の頭を、警棒のようなもので殴り、灯油の缶を蹴飛ばして流し、百万円を強奪して逃げていった強盗事件である。

いつもは、静かな湯河原の駅前が、急に騒然となった。

強盗に殴られた森田局長や、局員二人が強盗について証言し、直子も、自分が郵便局の前でぶつかった若い男について、警察官に話をした。

犯人の似顔絵が作成され、その似顔絵は、神奈川県に近い、埼玉、静岡など各県警と、警視庁に配布された。

二週間後に、横浜《よこはま》市内に住む、無職の五十嵐勇、二十九歳が逮捕された。

似顔絵にそっくりな男で、最初、五十嵐は、容疑を否認していたが、彼の指紋と、駅前郵便局のドアなどから採取された指紋が、一致した。百万円は、すでに、使われてしまっていた。

その後、三月十日に、駅前郵便局に行ったことは認めたが、行った理由について、五十嵐は、不思議な証言をした。

自分は、駅前郵便局に、百円を貯金するために行ったと、いうのである。雑誌で、そういうマニアがいることを知って、面白《おもしろ》かったので、自分もやってみたいと思ったというのだ。

この事件は、神奈川県警が、捜査をし、また、逮捕された容疑者が、神奈川県横浜市に住む無職の男ということで、警視庁は関係せず、したがって、直子も、どんな経緯で、五年の刑の有罪判決が下されたのかは、よく知らなかった。

だが昨日《きのう》、湯河原で、いわゆる局メグをやっていた女性二人のうちの片方が、殺されたと新聞の夕刊で知って、直子は、二年前の事件で、自分が証人の一人になったことを、思い出した。

布団に入ったものの、なかなか眠れないので、テレビをつけると、ニュースをやっていた。

一昨日《おととい》の二十四日に起きた、殺人事件について、アナウンサーが、説明している。

殺された二十四歳の金子真由美という女性と、一緒に局メグをやっていた、三十歳の戸田加奈という女性から、事情を聞くために、警察はその行方を追っているが、依然として、見つかっていないという。

ところが、突然、アナウンサーは、二年前の三月十日に起きた強盗事件について言及を始めた。

直子は、テレビ局のアナウンサーまで、今度の殺人事件と、二年前の強盗事件が、関係があると思っているのだろうかと、考えた。

アナウンサーは、続けて、

「この強盗事件は、犯人が、懲役《ちょうえき》五年の刑を受けて、刑務所に入っていましたが、模範的な態度が認められて、今年の三月二十三日に、釈放されていたことが分かりました。その後、連絡先の弁護士のところには、なぜか連絡がなく、行方が分からなくなっています。彼は、裁判の時も、自分は無実であると叫び続けていましたから、もし、彼が事件のあった湯河原などに行っていたら、いたずらに疑いを招く。だから、一刻も早く連絡してほしいと、弁護士は、呼びかけています。もし、このテレビを見ていたら、渡辺弁護士に、至急、連絡してください」

と、アナウンサーが、最後に、いった。

11

テレビを消して、いよいよ寝ようとすると、突然、携帯が、鳴った。

相手は、夫の十津川だった。

「そっちは、どんな具合だ？　友だちとは、会えたんだろう？」

「ええ、会うことは、会えたんだけど、少しばかり変なのよ」

「何が変なんだ？」

「二年前に、こちらの郵便局で起きた、強盗事件があるんだけど、今度の殺人事件とは関係がないと、私は、思っているの。ところが、こちらでは、何か関係があると考えている人がいるみたいなのよ」

「たしか、君が、会いたがっていた友だちというのは、二年前の強盗事件の舞台になった郵便局に、勤めているんだろう？」

「そうなの」

「それで、その友だちは、二つの事件を、結びつけて、考えているのか？」

「どうも、そうらしいのよ。でも、どう考えたって、二つの事件は、別の事件だとしか思えなくて。あなたは、この二つの事件は、結びついていると思う？」

「いや、私は、そんなふうには、考えていない。ただ、二年前の強盗事件の犯人は、三月二十三日に、出所している。出所後に連絡することになっている弁護士のところに、何の連絡もしていない。そして、次の日の、三月二十四日に、そちらで、若い女性が、殺されているんだ」

「でも、関係ないんでしょう？」

「そうだね。今のところ、関係があるようには、思えない」

「今度殺されたのは、金子真由美という、二十四歳の女性だけど、彼女と、二年前の強盗事件とは、何か関係が、あるのかしら？」

「そのほうも、今のところ、関係があるという話は、聞いてはいない。ただ、強盗事件の犯人が、湯河原に行っているかもしれないから、君も、注意しておいたほうがいい」

「どうして?」

「君は、二年前の事件の時、郵便局の入口で、犯人とぶつかったと、証言しているじゃないか」

「だって、事実だから、ありのままに、証言しただけ。私の名前は、こちらの、警察も発表していないし、新聞にも出ていないから、あの時の犯人に、私のことは、何も分かっていないはずだわ。一つ、教えてもらいたいことがあるんだけど」

「どんなことだ?」

「たしか、二年前の強盗事件で、渡辺という弁護士さんが、自分から進んで、犯人の弁護を、引き受けたという話を聞いたことがあるの。なぜ、その弁護士さんが、自分から進んで、犯人の弁護を、引き受けたのかしら?」

「それは、宇田川五郎という、保守党の代議士がいて、その人が、渡辺弁護士に、依頼したんだ」

「その代議士さんが、どうして、そんなことをしたの?」

「宇田川代議士は、以前、警察庁の局長をやっていてね。その後、代議士になったんだけど、二年前の強盗事件で逮捕された、五十嵐勇という男が、この代議士の知り合いでね。そのうちに、秘書の一人として、五十嵐勇を雇《やと》うつもりだったらしいんだ。

自分が、秘書にしようとした男だから、強盗事件など、起こすはずがない。そういって、知り合いの渡辺弁護士に頼んで、五十嵐勇の弁護を、やってもらったんだ」

「その話、本当なの？」

「宇田川代議士が、警察を辞めて選挙に出た時、選挙区は、横浜だったんだ。犯人の五十嵐勇も、横浜の人間だから、二人が知り合いだったとしても、おかしくはない」

「でも、政治家が、秘書に雇おうと思ったことがあるとしたら、相当な信頼を、寄せていたんじゃないかしら？」

「しかしね、国会議員の秘書は、一人や二人じゃない。最低でも二十人くらいは、いるんじゃないかね。中には、五十人の秘書を、抱えているという人までいる。だから、五十嵐勇の知人なんかから頼まれれば、個人秘書にしてもいいくらいのことは、返事をするんじゃないかね？」

と、十津川は、いった後、

「とにかく、あまり妙なことに、首を突っ込まないほうがいいと思うよ。お休み」

と、いって、電話を切った。

12

翌朝、少し寝坊してしまったので、朝食を部屋まで、運んでもらい、直子はそれを食べながら、朝刊に目を通した。

地元の新聞なので、さすがに、今回の事件のことを、続報でも、大きく取り上げている。殺された金子真由美と一緒に、局メグをしていた戸田加奈のことも、もちろん、容疑者の一人という言葉は、出ていなかったが、彼女の写真が、大きく載《の》っていた。

「殺された金子真由美さんと一緒に、湯河原周辺の郵便局で、百円貯金をしているお友だちの、戸田加奈さんへ。

皆さんが心配しているので、すぐ連絡してください」

別の新聞では、戸田加奈に奇妙な呼びかけをしていた。

「戸田加奈さん。

お友だちの金子真由美さんが、殺されて、三日経ちますが、あなたの消息がつかめません。

ひょっとして、金子真由美さんと同じようなことに、なっているのではないかと、皆さん、とても、心配しています。ご無事なら、近くの警察かご家族、あるいは、新聞社に連絡をしてください」

金子真由美と戸田加奈の二人について、その後、分かったことが、新聞には、詳しく掲載されていた。

金子真由美と戸田加奈の二人は、東京の世田谷のマンションで、二人で、一緒に、生活をしていたこと。金子真由美が、一年半前から一人で生活していたところに、戸田加奈が、今年になってからやって来て、共同生活するようになった。その頃から、二人が、いわゆる局メグに興味を持って、郵便局まわりを、始めたらしいという。

もう一つ、関連記事として、東京での金子真由美と戸田加奈のことが載っていた。

東京の、高円寺駅近くにある喫茶店「ポストカード」のことである。今回の事件で有名になった、局メグの愛好者たちが集まる喫茶店で、そこには、店に来た人たちが、感想などを書くノートがある。

そのノートを見ると、先月の二月八日に、金子真由美と戸田加奈二人の名前が、記入されていて、今月の三月十日にも、二人の名前が書いてあったが、なぜかその名前は、消されていた。

新聞記者が、店のママに、どうして二人の名前を消したのか、をきいている。

その答えは、こういうものだった。

「お二人は、純粋に局メグを楽しんでいる、私たちの仲間だと思って、最初は、歓迎していたんですけど、三月十日に来た時には、名前を書いた後で、こんなことをいうんです。郵便局に行って、窓口で、百円貯金をしたいといって、局員を安心させておいてから、豹変《ひょうへん》して、強盗に早変わりする人がいるんじゃないですかって、特に、年上の方のほうが、そんなことをきくんですよ。私は、腹が立ったので、局メグマニアの人の中には、そんな人は、一人もいませんよ。皆さん、楽しく、百円貯金をやっているんですからと、答えたら、それでも、必ずいると思うというんです。二年前の時、三月に湯河原の郵便局が狙《ねら》われて、百万円が奪われたことがあったじゃないか？　その時、犯人は、自分は強盗じゃない。百円貯金をしに来たんだ。裁判でそう主張したのを、聞いたことが、ある。だから、郵便局を狙った人間が、表面上は局メグのマニアで、百円貯金をしたいといって、安心させておいて、百万円を強奪したんだと、しつこくいうんですよ。それで、二人が帰った後、ノートに書かれた二人の名前を、消してしまったんです」

直子は、たしかに、彼女は、不謹慎《ふきんしん》なことをいったと思う。

この店には、局メグのファンが何人も、訪ねてきていて、署名しているが、記者が、その中の四、五人にきいてみると、

「自分は、本当に全国の郵便局をまわって、旅行するのが好きなので、百円貯金をしたいといって、油断させておいて、強盗に早変わりするなんて、そんなこと、考えたこともありませんし、本当の局メグのマニアは、絶対に、そんな馬鹿な真似《まね》は、しないし、口にもしませんよ」

と、異口同音《いくどうおん》にいった、とあった。

朝食を済ませた後、直子は、椅子に腰を下ろして、新聞に載っている二人の女性の顔写真を、見つめた。

東京・高円寺の「ポストカード」という喫茶店のママの言葉が、気になる。

たしかに、局メグが好きな人で、全国の郵便局をまわって歩いている人たちの中には、百円貯金をして油断させ、局のお金を狙って、強盗を働くような、そんな人はい

ないだろうし、また、そんなことを、考えることもないのではないか？

それなのに、この二人は、喫茶店のママにいわせれば、おかしなことをいっている。特に、年上のほうといっているから、戸田加奈のことだろう。

ママの証言によれば、戸田加奈は、しきりに、郵便局に行って、百円貯金を頼み、相手を、油断させておいて、強盗を働く人がいるのではないかと、きき、二年前の三月の郵便局強盗の話を、持ち出していたらしい。

このこだわりは、尋常《じんじょう》ではない。ほかの人たちは、純粋に局メグを楽しんでいて、局メグが変じて郵便局強盗になるなどということは、まったく、考えないし、口にもしないと、話している。

それに、戸田加奈も金子真由美も、局メグを始めたのは、今年になってかららしい。

つまり、二年前の三月の郵便局強盗事件の時には、二人とも、局メグは、まだ、やっていなかったのだ。

事件は湯河原で起き、捕まった犯人も、横浜に住んでいた。東京以外のところで、起きた事件について、なぜ、東京の戸田加奈と金子真由美が、こだわっていたのだろうか？

直子は、部屋に備《そな》えつけてある便箋《びんせん》を、テーブルの上に置き、二年前の三月十日に起きた強盗事件について、関係者の名前を書いていった。

襲われたのは、湯河原の駅前郵便局。その時、局長の森田と、森田の娘の美弥子と甥の高木の三人がいた。

その日の午後三時すぎに、犯人の五十嵐勇が郵便局から飛び出してきた。

捕まった後で、自分は、局メグのことを、雑誌で知って、ぜひ、百円貯金をしたいと思って、駅前郵便局に入ったのであって、強盗などやっていないと、法廷で、無実を主張していた。

その日、たまたま、駅前郵便局を訪ねた直子は、飛び出してきた犯人と、ぶつかった。

その後、直子が、中に入ると、局長の森田が、頭にケガをして、血を流していて、娘の美弥子が、包帯を巻こうとしているところだった。

もう一人の局員、高木は、ただ茫然としていた。

もう一つ、直子が、覚えているのは、郵便局に入った時、強烈な灯油の臭いが、していたことである。

とっさに、直子は、犯人が灯油を撒き、火を、つけるぞといって、脅《おど》かしたのでは

ないかと思ったのだが、美弥子は、

「まだ寒い日があるので、石油ストーブが置いてある。給油しようとして、傍に出してあった灯油缶を、犯人が蹴飛ばしたために、灯油が、流れ出した」

と、証言した。

それから、昨夜、夫が、教えてくれたことも、便箋に書きつけていった。

渡辺弁護士。湯河原の駅前郵便局に強盗に入って逮捕された、五十嵐勇の弁護を担当した。

その弁護士を、依頼した宇田川代議士。元警察の関係者で、退職して、政界に入った。選挙区は神奈川県の横浜で、宇田川代議士は、五十嵐勇を知っていて、自分が秘書に、雇おうと思っていた男で、郵便局強盗など、絶対にやるような男ではない。そう考えて、渡辺弁護士を推薦した。

最後に、四日前の三月二十三日、犯人釈放。その後、行方が、分からなくなっている。渡辺弁護士にも連絡していない。

そして、翌日の三月二十四日、湯河原で金子真由美が、軽自動車の中で、殺されていた。

13

直子は、美弥子に、電話をかけた。

「郵便局が閉まってから、一緒に、夕食を食べたいんだけど」

「でも、夕食は、ほかに約束しているんで――」

と、美弥子が、いった。

そのいい方を聞いて、

（ウソをついている）

直子は、思った。

「どうしても、一緒に、夕食を、食べてもらいたいの。こんなことをいうと怒るかもしれないけど、あなたは、何かに、悩んでいる。親友なんだから、その悩みについて、ぜひ話を聞きたいのよ。私が、何かの役に立てればと、思っているの。一人で苦しむことはないのよ」

直子が、説得した。

結局、直子の説得が、功《こう》を奏《そう》して、その日の午後六時に、湯河原駅の近くにある

「こうろんぼう」という中華料理の店で、会うことになった。たしか、その店には、個室があったと、直子は、覚えていたからである。

直子が、約束した六時きっかりに行くと、美弥子が、先に来ていた。

その顔が、妙に緊張しているように見える。

美弥子が、ビールを飲みたいというので、直子もつき合って、一緒に飲むことにした。

少し贅沢《ぜいたく》な中華料理を食べながら、直子は、美弥子と生ビールを飲んだ。

直子の知っている美弥子は、アルコールに弱いはずなのに、今日は、しきりに飲み続けている。そのまま酔っぱらってしまっては困るので、

「ねえ、何か、私に、話したいことがあるんじゃないの？　今なら、何でも聞いてあげられるわよ」

と、直子が、いった。

「実はね、二年前の事件のことなんだけど」

美弥子は、何杯めかのビールを飲んでから、直子に、いった。

「二年前の三月に起きた百万円の強盗事件のことね？」

「ええ、そうなの」

「でも、あの事件は、もう、解決しているはずよ。犯人が捕まって、五年の刑を受けて、刑務所に入った。それで、あの事件は完結した。違うの？」

「だから、一つの話として、聞いてもらいたいの。自分一人で抱え込んでいたんだけど、もう、疲れちゃって」

と、美弥子が、いう。

「あの事件の真相みたいなこと？」

「ええ。今、あなたがいったように、事件は、もう、終わったんだから、単なるお話として、聞いてもらいたいだけなの」

美弥子が、持ってまわったようないい方をした。

「あの日、あなたが、訪ねてきて、郵便局の前で、犯人とぶつかってしまった」

「ええ、突然、若い男が、飛び出してきて、ぶつかったから、ビックリしたわ。中のことが、心配になって入ってみたら、お父さんが、頭から血を流していて、あなたが、包帯を巻こうとしていたわ。それに、灯油が撒かれていて、その臭いがひどかった。でも、あれは、犯人が、灯油の缶を、蹴飛ばしてひっくり返したんで、流れ出したといった。でも、少しおかしいなと思ったの。だって、あの日は、暖かくて、石油ストーブは、使ってなかったじゃないの」

「そうなの。もし、あの時、あなたが入ってこなかったら、あの事件は、別の話に、なっていたの」

と、美弥子が、いう。

「別の話って、強盗事件は、なかったということ？　でも、お父さんは、頭から血を流していたし、あなたは、包帯を巻こうとしていた。それは、事実だし、なかったことじゃないわよね？」

「実はあの日、郵便局強盗が、入ることになっていたの。強盗が入ってきて、局長の父を殴って、金を出せという。それでも拒否すると、犯人は怒って、持ってきた灯油を撒き散らして、火をつける。そのあとに、犯人は、逃げてしまう。そういう事件が起きるはずだったの」

「あなたのいっていることが、よく、分からないんだけど、犯人が入ってきて、局長さんを殴って、灯油を撒いて、火をつける。それは、芝居じゃないんでしょう？」

「そうなるはずだったの」

「どういうことかしら？　まだ、よく分からないんだけど」

「あの日、あの時間に、犯人が放火して、強盗を働く。そういう事件が起きることになっていたの。もし、あなたが、あの時来なければ、犯人が、逃げてしまったら、撒かれた灯油が燃えて、郵便局が、焼けてしまうことになっていたのよ」

「その芝居を、誰かに頼んで、やらせることになっていた。つまり、そういうこと？」

「父も私も、高木クンも、みんなが知っていて、あの時、あなたが、来なかったら、犯人は、局長の父を殴って、その上、灯油を撒いて、火をつけて逃げる。私たちも、慌てて逃げ出して、消防車が来ても、たぶん、間に合わない。あの郵便局は、焼けてしまう。そういうことに、なっていたの」

「怖い話だけど、まさか、局長さんが考えたことじゃないんでしょう？」

「ええ」

「そうだと思うわ。皆さん、そんな悪いことの、できる人じゃないもの。誰に頼まれたの？」

「それは、いえないわ」

「どうして？」

「それも、いえない」

「いいたくなければいいんだけど、お父さんもあなたも、従兄弟の高木さんも、犯人を見ているわけだから、警察で、証言すれば、犯人は捕まってしまうわね。その通り、五十嵐という犯人が捕まった。その点は、どうするつもりだったの？」

「みんなが、犯人の人相などについてウソをいえば、捕まらないわ」

「それも決めてあったの？」

「ええ、そう。でも、あなたが突然、飛び込んできたので、そのストーリーも、だめになってしまった。あなたも犯人を見ていたから」

と、美弥子が、いった。

「その芝居に登場する犯人だけど、あなたやお父さんが知っている人？」

「いえ、知らない人」

「もう一つ、私が飛び込んでいった時、灯油が撒かれていたわ。でも、火がついていなかった」

「犯人が逃げて、しばらくしてから灯油に火をつけるはずだったの」

「つまり、犯人が逃げる時間を稼《かせ》ぐ。そういうストーリーね？」

「ええ」

「そうすると、そのお芝居の目的は、いったい何だったの？　百万円を強奪することじゃないわね？　とすると、灯油を撒いて火をつけて、あの郵便局を、焼いてしまうことが、目的だったわけ？」

「たぶん、そうだと思う」

「じゃあ、何のために、そんなことを？」

「それは、私は知らない。父も知らなかったと思う」

「でも、引き受けたんでしょう、お父さん」

直子は、何か考え込んでいたが、しばらくすると、

「郵便局には、いろいろと書類が保管されているでしょう？　何年前のものまで保管しておくのかしら？」

と、きいた。

「一応、五年前までだけど」

「そう、五年前なの」

直子は、考えた。

もし、美弥子の話が本当なら、二年前の百万円強盗の本当の目的は、あの小さな郵便局を、灯油を使って、焼いてしまうことだった。もちろん、建物自体を焼いてしまうことが、目的だったとは思えない。

とすると、あの郵便局に保管してある書類を燃やすことが、目的だったのではないのか？

書類は、五年間、保管することになっていたという。何者かが、五年前までの書類、あるいはフィルムなど、それも全部ではなくて、そのうちの何かを、焼こうとしていた。百万円強盗事件を起こして、そのために、焼けてしまったという形にしたかったのだろう。そうすれば、真の目的のものが焼けて、消えてしまう。

直子が、考え込んでいると、美弥子は、

「今のこと、誰にも話さないと、約束してちょうだい。こんな話が公《おおやけ》になったら、父が苦しむだけだから」

「もちろん、分かっているわ。誰にもいわないわ」

直子は、まっすぐ、美弥子を見つめて、約束した。

しかし、頭の中では、なおも考え続けていた。

(今の美弥子の話が、本当だとして、それが今回の殺人事件と、何か、関係してくるのだろうか?)

14

美弥子との夕食を済ませて、直子は、旅館に戻った。

興奮しているのが、自分でも、分かった。

部屋に入ると、女将《おかみ》さんが、お茶を運んできてくれた。そのお茶を飲みながら、直子は、女将さんに、

「宇田川代議士さんって、知っています？」

と、きいてみた。

「ええ、もちろん知っていますよ。横浜から、立候補した先生でしょう？」

「どういう代議士さんですか？」

「宇田川先生って、前に、警察に勤めていて、そのあと代議士になったと聞いています。だから、信用はできるんですけど、少しばかり、怖い感じがすると、会った人は、いっていますよ」

「何年前に、代議士になったんでした？」

「たしか、六年前の総選挙で、初当選されたんじゃ、ありませんか？」

「ここに、泊まられたことが、ありますか？」

「ええ、当選された後で、後援会の方々を呼んで、お祝いをしたことがありますよ。ウチの大広間で」

「後援会には、どういう人が、多いんですか？」

「そうですね」

と、少し考えてから、

「昔、郵政選挙が、あったでしょう？　あの時、宇田川先生が、いわゆる特定郵便局を、擁護《ようご》をするようなことをいってらっしゃいましたからね。それで、郵便局の局長さんたちが、宇田川先生を応援したんですよ。今も、宇田川先生の後援者には、郵政の関係者が、多いんじゃないかしら」

と、女将さんが、いった。

「もう一つ、お聞きしたいんですけどね。湯河原は、東京なんかに比べると、やっぱり暖かいんでしょうね？」

「ええ、皆さん、暖かいといわれますよ」

「商売をしている家で、暖房をやめるのは、毎年、だいたい何月頃ですか？」

直子が、きいた。

「商売をしているところですか？」

「ええ、人が来るところ。例《たと》えば、銀行とか郵便局とか」

「そうですね。お客さんが来るところでも、この辺では、三月中旬頃じゃないでしょうか？」

「というと、三月の十五、六日頃ですか？」

「ええ、そうですけど。寒い年なら、お彼岸《ひがん》をすぎてからも、暖房を入れていますけど」

女将さんが、笑った。

15

翌日、直子は、東京に帰った。

その日の夕食に、お土産で、買ってきた干物を焼いて出した。

十津川は、それを食べながら、

「湯河原、どうだった？」

と、きく。

「あなた、口が堅いかしら？」

直子が、きくと、十津川は、笑って、

「自分じゃ、堅いほうだと思っているけどね。何か、いいたいことが、あるのか？」

「向こうで、友だちの美弥子さんが、話してくれたことがあるの」

「例の、郵便局の娘さんだね？」

「二年前の三月の強盗事件なんだけど、本当は、違う事件だったんですって」

「違う事件？」

「ええ」

「意味が分からないが」

「それを今から、話したいの」

「ぜひ聞きたいね」

「ただし、口外無用だから、お願い」

直子は、そう断わってから美弥子から聞いた話を、十津川に伝えた。

「ちょっと、待ってくれよ」

十津川は、慌てて、直子の声を制して、

「君は、今、事件について、以前、私が聞いたことと、中身は同じことを、いってるんじゃないのか？　狂言強盗だったとしても」

「同じことなんか、いってないわよ」

「しかし、二年前の三月十日の百万円強盗事件は、君によると、作られた強盗事件だった。犯人役の男も、最初から決まっていた。それが、君の偶然の登場で、考えておいた芝居が難しくなったので、平凡な強盗事件になってしまったというわけだろう？」

「そうよ」

「強盗が入ってきて、局長を殴りつけ、百万円を強奪して逃げた。それと、考えられた芝居の、どこが違うんだ？　同じじゃないか？」

と、十津川が、いう。

「肝心のところが、違ってしまったわ」

「どこが？」

「犯人が、灯油を撒いて、火をつける。それができなくなったのよ」

「なるほど。しかし、犯人役が、計画通りに、灯油に火をつけて逃げれば、よかったんじゃないのか？」

「火をつける役は、犯人役の男じゃなかったのよ。もし、灯油に火をつけて、逃げる時、その火が、犯人役の服にでもついてしまったら、困ったことになるから、火をつけるのは、中にいる三人の局員の役目だったの。犯人が、ゆっくり逃げる時間を稼いでから、灯油に火をつけることになっていたのに、私が飛び込んでいったために、それができなくなってしまった。第三者の前で、被害者の局員が、犯人の撒いた灯油に火をつけるなんて、できないですものね」

「それで、犯人が、灯油缶を蹴飛ばしたので、灯油が流れ出たということにしたんだな?」

「そう」

「計画と、実際とで、違うのは、犯人が撒いた灯油に、火をつけるかどうか、だけだというわけか?」

「ところが、計画でいちばん大事なのは、撒いた灯油に火をつけることだったの。いわば、そのために考えられた現金強盗事件だったのよ」

「分かってきたよ」

「分かってくれないと、困るわ」

直子が、笑った。

十津川は、慎重な、いいまわしで、

「君は、それを、郵便局の局長が企《たくら》んだわけではなくて、誰かが命令して、やらせようとした。それが、君のおかげで、失敗して、妙なことになってしまった。つまり、そういうことか?」

「ええ、その通り」

「君は、黒幕として、宇田川代議士を、考えているんじゃないのか？」

「あなたも、そんなふうに考える？」

「関係者の中で、ほかに、黒幕らしい人間が見つからないからね。それに、宇田川代議士は、六年前の選挙で当選後、今日までに、その郵便局を燃やしてしまいたいような秘密を、郵便局に残していたということは、十分に考えられるからね」

「私も、そう思ったの」

「たしか、夏までには、確実に、選挙があるといわれている。宇田川代議士は、選挙には、あまり強くないようだから、心配しているんじゃないのかな。過去に何か傷があって、それが表に出れば、たぶん、それで落選だ」

と、十津川が、いった。

「例の強盗事件の前に、宇田川代議士にとって、何か大事なことがあったんじゃないかと、思っているんだけど」

「そういえば、二年前、少し若いんだが、警察の関係者だったということで、法務委員会の委員長に推《お》されたことがある。結局、宇田川代議士は、法務委員長にはなれなくて、別の委員会の委員長になったんだけどね。彼としては、法務委員長になりたかったんじゃないかと思うよ。そうすれば、いろいろと活躍できたろうからね」

と、十津川が、いった。

「もう一つ、問題があるの」

直子が、いった。

「君がいいたいのは、つい先日に起きた、殺人事件のことじゃないのか？　局メグのマニアといわれる若い女性が、湯河原で殺され、その友だちが行方不明で、容疑者になっている。その事件のことだろう？」

「そうなんだけど、私の心配は、少しばかり警察の人とは違うの」

と、直子が、いった。

「警察は、今のところ、第一の容疑者として、戸田加奈という友だちの行方を探している。君は、それとは違う考えを、持っているのか？」

「ええ、少し違うの。戸田加奈という、被害者のお友だちが、犯人かもしれないけど、私は、二年前の郵便局強盗事件と、今度の殺人事件とが、関係があるような気がして仕方がないの。最初のうちは、まったく別の事件だと思っていたんだけど、向こうに行って、美弥子さんの話を聞いたりしていたら、繋がっているような気がするようになったのよ」

「なるほどね」

「警察の見方は、違うんでしょう？」

「今のところ、神奈川県警は、今回の殺人事件の犯人は、被害者の友だちだと考えているし、二年前の三月の事件とは別の事件と考えている。ただ、殺人の動機が分からないらしい。ウチにも、神奈川県警から捜査協力の要請が来ているので、お手伝いしている。神奈川県警の及川という警部と話をしたことがある。及川警部は、たしかに、容疑者として戸田加奈のことを考えているが、どうも、それだけでは、あまりにも、簡単すぎるとも思っているようだ」

「事件として、簡単すぎるからおかしいと、県警は、思っているわけね」

「及川警部は、そういっていたね。それに、こちらで、金子真由美と戸田加奈の、二人の関係を調べたが、一緒のマンションに住んでいるし、二人がケンカをしているところを見た者もいない。それで、戸田加奈が、犯人かどうか、少しばかり疑わしいと、思っているんだ」

と、十津川が、いった。

16

「もう一つ、考えていることが、あるんだけど、聞いてくれる？」

直子が、夫を見た。

「君はたしか、二つの事件が繋がっていると思っているんだったな？」

「ええ」

「それなら、ぜひ聞きたいね」

十津川が、いった。

「私は、あなたみたいな刑事ではなくて、事件に関しては素人《しろうと》なんだから、笑わないできいてくださいね」

と、断わってから、直子は、自分の考えを、披露《ひろう》した。

「今のところ、どんな理由なのかは、分からないけど、宇田川代議士は、湯河原の駅前郵便局にある、自分に関係する資料か何かを、後腐《あとくさ》れのないように、燃やさなければいけないようなことになった。でも、ただ火をつけるわけにはいかない。それで、いろいろと考えて、ある一つのストーリーを、思いついたのよ。あの郵便局の局長さんを丸め込んで、一つの芝居ができ上がった。ある日、郵便局強盗が入ってきて、金を出せという。局長が断わると、犯人は、いきなり持ってきた灯油を撒き散らして、火をつけた。三人の局員が、慌てて火を消そうとしている間に、犯人は、百万円を奪って逃走した。その後で、局長さんが、警察と消防に知らせる。消防が駆けつけてきたけど、火のまわりが早くて、あの小さな郵便局は、焼けてしまった。その後、警察が強盗放火事件として、捜査を始める。局員三人が、犯人を見ていて証言をする。しかし、三人で示し合わせて、犯人の顔立ちだとか、服装だとかについて、ウソの証言をする。例えば、背が高ければ低いといい、丸顔だったら、面長《おもなが》の顔だったといい、そのほか、腕時計は、別のメーカーの名前をいい、そうした証言に基《もと》づいて、警察が調べるんだけど、全てがウソの証言だから、犯人は一向に捕まらない。そういうことにしたかったんだけど、私のおかげで、それが失敗してしまった。横浜市内で、五十嵐勇が、犯人として逮捕された。いい方は悪いけど、単なる郵便局強盗事件ということになったわけなの。灯油を撒いてしまったけど、それは、石油ストーブに使う灯油缶を、犯人が蹴飛ばしてしまったと、ごまかした。犯人の五十嵐勇は、懲役五年の刑が決まって、刑務所に入ったし、宇田川代議士の名前も出なかった。ところが、今になって、その郵便局強盗事件に、疑いを持ち始めた人間が出てきたんじゃないかと、私は、思うの。それが、「戸田加奈という女性」

と、直子が、いった。

「殺された金子真由美は、関係なしということか？」

「とにかく、二人は、局メグのマニアを装《よそお》って、問題の駅前郵便局に行った」

「おそらく、そうだろうね」

「この先も、私の勝手な想像なんだけど、二人は、郵便局に、お客のいない時を見計らって行って、局長たちを、脅かしたんじゃないかと思うの。郵便局の強盗事件の話は、信じられない。本当は、この郵便局を燃やすつもりだったんじゃなかったのか、それを命令してやらせたのは、宇田川代議士だったんじゃないのかといって、責めたんじゃないかと思うの。ひょっとすると、強請《ゆす》ったのかもしれない。例えば、何千万かのお金を要求して、もし、拒否すれば、マスコミに、この話を、バラすとかね。宇田川代議士に、その何千万かをもらってきなさいと、いったのかもしれないわ。それで駅前郵便局の森田局長は、宇田川代議士に、慌てて連絡した。選挙が、夏にはあるだろうから、宇田川代議士にとっては、今、こういう話を流されたら、再選は難しくなってくる。その上、二人の女性は、回答の期限を、切ったんじゃないかしら？　今日じゅうに返事をよこせとか、あるいは、何時までに、返事をするようにといって、脅かしたのかもしれないわ。そうなると、宇田川代議士にとっては、それまでに、多額の金銭を用意しなければならない。宇田川代議士は、覚悟を決めたんだと思うわ。大金を用意できないとなると、二人の女性の口を封じるしかない。そういう覚悟を決めたんじゃないかと思うの」

「しかし、宇田川代議士は、現職の国会議員だよ。自分で手を下したりはしないだろう？」

「たしかに、宇田川代議士が、直接、手を下したとは思えない。問題の二人の女性のうちの、戸田加奈のほうに電話をかけた。これも、私の勝手な想像なんだけど、宇田川代議士は、何時までに、どこそこに来い。来たら金を渡す。しかし、忙しいので、必ず何時までに来てほしい。そんな電話を、戸田加奈にしたんでしょうね。それで、食事の途中で、戸田加奈が、その場所に向かって、飛び出していったんだわ。金子真由美は、戸田加奈が、どこに、何をしに行ったのか、分かっているから、自分のアリバイ作りのために、三番目の郵便局に行き、一人で、百円の貯金をした。ところが、その後、車の中にいるところを、犯人に襲われて、殺されてしまった。そして、戸田加奈のほうは、約束の時間に、約束の場所に行ったんだけど、宇田川代議士は、いつまで待っても現われない。騙《だま》されたと知ったけど、その時には、金子真由美が殺されて、自分が犯人と、思われていることに気がついて、慌てて、姿を消してしまった。これが私の推理よ」

「戸田加奈は、どうして、ハメられたと知った時、警察に出頭してこなかったんだろうね？」

「これも、あくまでも、私の勝手な想像だと思って、聞いてくださいね」

「いいよ」

「戸田加奈は、宇田川代議士を強請っていたわけだから、負い目があるし、自分も、殺されるかもしれない、と怖がっている。警察に行っても、保護してくれるわけではないでしょ。だから、今は、姿を隠していて、宇田川代議士に対して復讐《ふくしゅう》を考えているんじゃないかと、私は思うの。とにかく、友だちの金子真由美の仇《かたき》ぐらいは、討たなければ、気が済まない。戸田加奈は、そういうつもりでいると思う。今のところ、私の推理は、こんなところ。プロのあなたから見れば、穴だらけのことは、自分でもよく分かっているわ」

　と、直子が、いった。

「君の推理で不明なところは、第一に、駅前郵便局を、なぜ燃やそうとしたのかという、その理由だな。もう一つは、戸田加奈と金子真由美の二人、あるいは、戸田加奈だけかもしれないが、君のいう通りなら、なぜ、駅前郵便局に行って、局長を、脅かしたのか？　あるいは、宇田川代議士を強請ったのか？　宇田川代議士、あるいは、駅前郵便局と、この二人の女性の関係が、はっきりしない。この二つが分かれば、君の推理に、説得力が出てくるよ」

十津川は、励《はげ》ますように、いった。

翌日の、三月二十九日、十津川は、出勤するとすぐ、亀井《かめい》刑事を呼んだ。

「私と一緒に、調べてもらいたいことがある。一つは、二年前の三月に例の駅前郵便局で、強盗事件があったことだ」

「知っています」

「犯人は捕まって、すでにあの事件は解決して、結論が出てしまっている。しかし、本当は、あの小さな郵便局に放火して、燃やしてしまおうとしたが、それがちょっとした手違いで、平凡な強盗事件になってしまった。しかし、真相は、局員が、あの郵便局を燃やすはずだった。それを頼んだのが、横浜が選挙区になっている宇田川代議士だと思っている。なぜ、宇田川代議士は、あの小さな郵便局を、燃やそうとしたのか？　その理由を、まず、知りたい。もう一つは、湯河原で殺された金子真由美と、その友だちで、現在、容疑者とされている戸田加奈という女性、実は、この二人が、今いった二年前の事件の本当の姿を、知っていて、宇田川代議士を強請ったことが考えられるんだ。問題は、宇田川代議士と、この二人の女性との関係だ。なぜ、二人は、事件の真相を、知ったのか？　なぜ、宇田川代議士を、強請ったのか？　これも知りたい」

「二人の女性と、宇田川代議士の関係は、簡単に調べられそうですね。まず、こちらからやりましょう」

と、亀井が、いった。

二人は、この捜査に、警察の力を利用した。

二人の女性と宇田川代議士との関係は、見つからなかったが、五十嵐勇と戸田加奈の関係が、判明した。

二人には、つき合っていた期間があり、そのうちの半年間は、同棲《どうせい》もしていた。

宇田川代議士の命令で、強盗事件を引き起こした五十嵐勇は、万一に備えて、以前つき合っていた戸田加奈に、真相を、話しておいたらしい。

問題の宇田川代議士と駅前郵便局の関係のほうは、神奈川県警に話を通し、殺人事件の捜査ということで、五年間、郵便局に保管してあった書類を強制的に提出させ、それを調べた結果、その中に、宇田川代議士に関係する書類が見つかった。

それは、宇田川代議士が、法務委員会の委員長に推されるらしいという話の出た時だった。

それには、どうしても運動のための資金がいる。最低でも二億円が必要だったが、それを貸してくれる、金融機関がない。

宇田川代議士は、駅前郵便局の森田局長に頼んだ。

そこで、森田局長は、宇田川代議士が、警察庁で局長をやっていた頃に知り合った、ある会社の名前を使うことにして、それを森田局長が本局に話をして、本局から、その会社に二億円が融資されることになった。

しかし、結局、宇田川代議士は、法務委員会の委員長になることはできず、二億円の借金だけが残ってしまった。

それに、これは不正融資である。もし、このことがバレたら、次の選挙で、落選してしまうだろう。

二億円を融資した本局のほうは、責任を取るのを、恐れて、書類は、駅前郵便局のほうで預かることになった。いや、押しつけたというのが、事実だろう。

十津川は、神奈川県警に協力して、宇田川代議士を追いつめることにした。

普通の事件の場合、政治家を追いつめるのは難しいのだが、今回は別だった。

宇田川代議士が、強盗事件まで、でっち上げて、問題の書類を焼却してしまおうと考えたのに、たった一人の女性のおかげで失敗してしまった。しかも、その女性（十津川直子）は、別に、悪をこらしめようとか、事件を捜査しようとかいう気はまったくなく、たまたま、その日、友人が働いている駅前郵便局へ行っただけだったのだ。

犯人側としては、こんな馬鹿らしいことはないだろう。

肝心の書類は、さすがに、その後は、宇田川代議士も、すぐには、手が出せなかったらしく、無事だった。そのため、不正融資が、バレてしまい、直ちに、宇田川代議士の取調べとはいかなかったが、次の選挙では、落選間違いなしと、週刊誌に書かれてしまった。そうなると、世の中冷たいもので、常に、宇田川代議士のために働いてきた渡辺弁護士までが、反旗をひるがえしてしまった。

事件の舞台となった駅前郵便局の局長以下三人は、現在、神奈川県警の事情聴取を受けている。

三人の口からは、宇田川代議士の名前が出ているというから、この政治家の逮捕も、間もなくだろう。

いちばん最後まで解決が残っていたのは、金子真由美殺しのほうだった。

容疑者戸田加奈が、行方不明になっていたからである。

五月の連休のとき、八甲田山《はっこうださん》の小さな温泉で、戸田加奈を見かけたという情報が飛び込んできて、警視庁と、神奈川県警の刑事たちが、この温泉に、飛んだ。

戸田加奈はすでに姿を消していたが、刑事たちは、執拗《しつよう》に、足取り捜査をして、追いかけた。

その結果、戸田加奈は、東京に向かう新幹線の中で、逮捕された。彼女は、逃げるのに疲れ、逮捕されてもいいという気持ちになり、新幹線に乗っていたのだといった。

戸田加奈の自供は、次の通りだった。

「三月二十三日の夜、前からつき合いのある五十嵐勇から、電話があった。腕力に自信があり、金の匂《にお》いに敏感な男で、二年近く刑務所に入っていたのは、ある政治家の代わりに入っていたようなものだ。強奪した百万円ぐらいじゃ、割が合わない。今日、出所したので、一億円を貰《もら》いに行く。その後で、会いたいというので、明日は、友だちと湯河原に行き、例の駅前郵便局にも寄ると、いった。実は、五十嵐から、いろいろと聞いていたので、あの郵便局の局員たちを、強請ってやろうと思って、時間をかけて、いろいろと準備をしてきていた。もちろん、背後に宇田川代議士のいることも、五十嵐から聞いていたので、金は、その代議士から出るだろうと思っていた。

次の総選挙が、日程表に挙《あ》がる時機を、待っていた。

二十四日、友だちの金子真由美と、湯河原へ行き、例の駅前郵便局に行き、真由美が、百円の貯金をしている間に、森田という局長を強請ってやった。

局長には、スポンサーに連絡して、金は用意するから、明日また来てくれといわれた。ところが、その日、湯河原市内で、昼食を取っているとき、五十嵐から電話が入った。

激しい口調で、宇田川の奴、一億円を渡すというので、その場所へ行ったら、いきなり、刺されそうになった。ナイフを使ったのは、若い男だったが、あれは、殺しに馴《な》れている。宇田川の奴、金を払う気はない。こちらの口止めをするつもりだといわれた。『お前も狙われるぞ』と、いわれた。今、友だちと一緒だから安心だといったら、その友だちも仲間だと思って狙われる。向こうは、単なる女友だちだといっても、容赦《ようしゃ》はしないからなといい、その後で、今、湯河原に来ていて、今後のことを相談したいというので、金子真由美とは、別れて、五十嵐勇に会いに行った。

会ったのは、JR湯河原駅に近い『ウエスト』という喫茶店だった。広い店の隅で会った。おれも逃げるから、お前もすぐ姿を消したほうがいいというので、私は、前に行ったことのある八甲田山の小さな温泉に逃げることにした。

湯治場《とうじば》のような旅館だった。そこで、金子真由美が殺されたのを、テレビのニュースで、知った。五十嵐のいう通りだなと思った。

なんにも知らない、金子真由美を、巻き添えにし、死なせてしまい、申し訳なくて、後悔している。

警察から追われているのは、知っていたが、今、捕まれば、金子真由美殺しの犯人にされるのが怖かった。

そのうちに、宇田川たちの眼も怖くなってきた。警察は、いきなりは、殺さないだろうが、宇田川たちはいきなり、殺しに走るだろう。次第に、そのほうが怖くなって、警察に捕まっても、いいような気がしてきた」

証言が集まってきた。

間もなく、宇田川代議士の逮捕令状が出るだろう。

『小説ＮＯＮ』２０１２年２月号初出

特急あいづ殺人事件

1

特急「あいづ」は、昭和四十年から、二十年以上、走り続けている特急列車である。

最初は、気動車特急として、上野《うえの》—山形《やまがた》間の「やまばと」に、併結して、会津若松《あいづわかまつ》まで、走っていたが、四十三年十月に、「あいづ」として独立している。

現在、一往復だけの運転だが、上野から乗りかえなしに、猪苗代《いなわしろ》や、会津若松へ行けるので、人気がある。

十津川《とつがわ》の妻の直子《なおこ》も、友人が、猪苗代湖の湖畔《こはん》に建てたペンションに、招待されて行くのに、この列車を使うことにした。

猪苗代湖に、一番早く行くには、東北新幹線で、郡山《こおりやま》に出て、磐越西《ばんえつさい》線に乗りかえる方法だろう。

最初は、そのルートで、と思ったが、乗りかえるのが、面倒なのと、別に急ぐ旅行でもないので、直子は、直通の「あいづ」にしたのである。

下りの特急「あいづ」は、一四時一五分上野発で、猪苗代着は、一七時二八分である。三時間少しの旅だから、別に、新幹線を、使うこともないだろう。

夫の十津川は、仕事の都合で、送りに来てくれなかったが、すれ違いはしょっちゅうだから、別に苦にならない。上野駅に着くと、「これから行って来ます」と、電話しておいて、改札口に入った。

9番線には、すでに、下りの「あいづ」が、入線していた。

九両編成で、6号車が、グリーン車になっている。旅行する時は、ぜいたくをしたくて、直子は、グリーン車にした。

会津若松へは、逆編成で走るから、6号車といっても、先頭から四番目である。

まだ、三月下旬で、東北の観光シーズンには、間があるせいか、グリーン車は、すいていた。三十パーセントほどの客しかいない。ウィークデイのせいもあるだろう。

旅行する人間としては、列車は、すいているほうがいい。直子は、座席を確かめてから腰を下ろし、上野駅の売店で買った東北の観光案内を広げた。

東北には、何回か行っているが、猪苗代湖へ行くのは、初めてである。

福島《ふくしま》県のほぼ中央、海抜五一四メートルにある、わが国四番目の広さの湖と、書いてある。近くには、野口英世《のぐちひでよ》の記念館や、会津民俗館もあるらしいから、明日は、見物に行ってみようか。それに、白鳥浜《はくちょうはま》というのもある。まだ、白鳥は、いるのだろうか。

そんなことを考えているうちに、列車が、発車していた。車掌が、車内検札に、やって来る。

列車は、大宮《おおみや》、宇都宮《うつのみや》と停車する。宇都宮には、四分停車なので、直子も、ホームに降りて、駅弁を買った。

宇都宮は、明治十八年に、ここで売られたにぎり飯二つとたくあんが、日本最初の駅弁といわれているだけに、売られている駅弁の数は多い。

直子は、その中から、とりめし弁当を買った。とりのスープで炊きあげた、ご飯の上に、とりそぼろ、ひなどりの照り焼きが、載《の》っている。おかずは、香のものや、枝豆である。

列車が、動き出してから、直子は、駅弁の蓋《ふた》を取り、食べ始めた。それほど、お腹《なか》はすいていなかったが、旅行に出ると、駅弁を買うのが、楽しみだったからである。

お茶をついで、一口飲んだ時、突然、前方で、悲鳴が、起きた。甲高《かんだか》い、女の悲鳴だった。

はっとして、悲鳴のした方に、眼をやった。
四、五列前の座席から、若い女が、ふらふらと立ち上がり、そのまま、通路に崩折《くずお》れた。

胸に、ナイフが突き刺さっているのが見えた。血が、出ている。

近くにいた乗客は、呆然《ぼうぜん》として、見ているだけである。

直子は、駆け寄って、女の身体《からだ》を、抱き起こした。血が噴《ふ》き出して止まらない。

「すぐ、車掌さんを、呼んでください！」

と、直子が、叫んだ。

乗客の一人が、あわてて、連絡に走って行った。

その時、直子の腕の中で、女が、小さく、口を動かした。

「何なの？」

と、直子は、耳を近づける。

「アキ――」

と、かすかに、聞こえた。

2

「もう一度、いって！」

と、直子は、大声でいった。が、女は、もう、何かいう気力も、体力もなくなってしまったのか、眼を閉じ、ぐったりとなってしまった。

車掌が、飛んで来た。

「次は、どこで停《と》まるの？」

と、直子がきく。

「西那須野《にしなすの》で、あと、五、六分で着きます」

「駅に連絡しておいて、すぐ、救急車で運べるようにして」

と、直子は、いった。

西那須野に着くと、救急車が、待っていて、すぐ病院へ運ばれた。

同時に、警察にも連絡が行ったので、病院には、栃木《とちぎ》県警の刑事たちが、パトカーで駆けつけた。

直子は、行きがかりから、救急車に同乗して、那須塩原《しおばら》の病院まで、行った。

胸を刺された若い女は、すぐ、手術を受けたが、その途中で、死亡した。失血死である。

おかげで、直子は、県警の刑事たちから訊問《じんもん》される破目《はめ》になった。

直子は、突然、悲鳴が聞こえた時、若い女が、通路までよろめいて来て倒れ、胸にナイフが突き刺さっていたこと、そして、自分に向かって、「アキ——」と、いったことを話した。

県警の刑事たちは、最後の伝言に鋭く、関心を示した。

「アキ——といったのは、間違いありませんか？」

と、刑事たちの中の、大内《おおうち》という警部が、念を押した。

「間違いありません。アキと、確かにいいました。どういう意味か、わかりませんけど」

「彼女は、胸を刺されて、殺されましたが、グリーン車内で、怪しい人間を見ませんでしたか？」

と、大内警部が、きく。顔の大きな男だなと、直子は、思いながら、

「ともかく、とっさのことだし、一刻も早く、列車から下ろして病院にと思っていましたから、他のことまでは、気がまわりませんでした」

と、正直に、いった。

「被害者は、宇都宮から猪苗代までの切符を持っていましたが、宇都宮で乗って来たのは、知っていましたか？」

「いいえ。私は、宇都宮でホームに降りて駅弁を買うのに夢中でしたから、気がつき

ませんでした」

と、直子は、いってから、

「じゃあ、宇都宮の人なんですか？」

「いや、運転免許証から見ると、東京《とうきょう》の人間ですね。たぶん、宇都宮で、何か用があって、あの列車で、猪苗代へ行くつもりだったんでしょう。グリーン車の9Dの切符です」

「そうだと思います。私の三、四列前の席にいたんですから」

と、直子は、いった。

彼女がいろいろと、証言したせいか、それとも、警視庁捜査一課の十津川の妻とわかったためか、大内は、被害者の名前を、教えてくれた。

橋口《はしぐち》ゆう子《こ》、二十七歳。東京都世田谷《せたがや》区松原《まつばら》一丁目ヴィラ松原３０６号。

それが、殺された女性の身許《みもと》だという。

「何をしている人なんですか？」

と、直子がきくと、

「それを、これから調べるんです」

と、大内は、いった。

　黒磯《くろいそ》警察署まで行き、そこで、直子は、改めて調書をとられた。恐らく、ここに、捜査本部が、置かれるのだろう。

　直子は、警察の電話を借りて、猪苗代の友人に、おくれることを告げた。

「列車の中で、殺人なんて、本当なの？」

　と、大学時代からの友人は、疑わしげに、きいた。

「テレビのニュースで、やると思うから見ていて」

「もちろん見るけど、それが、本当だとすると、あなたが、こちらに着くのは、明日になりそうね」

「どうして？　まだ、午後の六時前よ」

「きっと、あなたが、事件に興味を持って、そっちで、聞きまわるからよ」

　と、友人は、笑った。

　彼女の推測は、当たっていた。直子は、持ち前の好奇心で、黒磯にとどまり、事件の推移を見守ることになった。

　会津若松行の「あいづ」には、栃木県警の刑事が二人、西那須野から乗り込んで、走る車内で、車掌や、他の乗客から事情聴取を始めていた。

　その結果も、黒磯署に置かれた捜査本部に、報告されて来た。

直子は、黒磯署に、腰を落ち着け、その情報を、仕入れようとした。

大内警部は、その中から、教えてくれたこともあれば、教えてくれないこともあった。

「あいづ」の車掌は、被害者が、宇都宮から、一人で乗って来たと証言した。それを、直子にも教えてくれたが、他の乗客の証言は、教えてくれなかった。

また、車内で、被害者橋口ゆう子のものと思われるショルダーバッグが発見されたというが、その中身は、「現在調査中」ということで、教えてくれなかった。

3

直子は、その夜おそく、猪苗代湖に着いた。

友人、広田《ひろた》みさ子《こ》のペンションに入って、すぐ、テレビを見せてもらった。やはり、自分が巻き込まれた事件のことが、気になったからである。

「やっぱり、事件になると、血がさわぐのね」

と、傍《そば》から、みさ子が、からかった。

「静かにして」

と、直子は、口に、指を当てた。

みさ子に何といわれても、夢中で、ニュースを見ていた。

午後十一時のニュースでは、殺された橋口ゆう子の職業が、はっきりした。

ショルダーバッグの中身や、東京に問い合わせたりして、彼女が、ルポライターだと、わかったとしている。

彼女が、寄稿した雑誌やメモ帳、それに、カメラなどが、バッグの中に、入っていたという。

ただ、直子の聞いたダイイングメッセージについては、何の発表もなかった。どうやら、警察が意識して、おさえたらしい。

「女のルポライターか」

と、直子は、テレビから眼をそらして、呟《つぶや》いた。

そのことと、あの「アキ――」という言葉とは、関係があるのだろうか？

東京の自宅に、電話すると、夫の十津川が出て、

「栃木県警の大内警部に聞いたが、大変だったらしいね」

「そうなの。服に血がついて、なかなか、落ちなかったわ」

「大内警部が、君にいっておいてほしいと、いったことがある」

「ダイイングメッセージのことでしょう？」

「そうだ、県警としては、しばらく、伏せておきたいそうだよ。だから了承してくれと、いっていた」

「じゃあ、私は、黙っていたほうがいいわね？」

「それがいい。犯人にとって、致命傷になるダイイングメッセージだとすると、君だけが知っていると思えば、君の口を封じようとするかもしれないからね」

と、十津川は、心配した。

「わかったわ。それで、被害者のことを、調べているんでしょうね」

「協力要請があったんでね」

「どんな女性なの？」

と、直子がきくと、十津川は、「おい、おい」と、呆《あき》れた様子で、

「また、首を突っ込もうというんじゃないだろうね？」

「もう、すでに、巻き込まれてしまってるわ」

と、直子は、いってから、

「どんな女性？」

と、もう一度、きいた。

「まだ、表面的にしかわからないが、独身で、筆も立ち、男に伍《ご》して、立派に、やっていたらしいよ。それどころか、負けず嫌いだったようだ」

「何の仕事で、あの列車に、乗ったのかしら？」

「それが、わからないんだが、彼女がよく仕事をしていた雑誌の編集長の話だと、何か大きな事件を追っていたらしいということだ。期待して、待っていてくださいといって、出かけたそうだよ」

「面白《おもしろ》くなって来たわ」

「まさか、君が、彼女に代わって、その事件を追いかけようって、いうんじゃないだろうね？」

「それが、何かわかれば、やってみたいけど」

と、直子は、いった。

「あまり、私に、心配させないでくれよ」

「いつもは、あなたが、私を心配させているのよ」

と、直子は、一言《ひとこと》いっておいた。

4

翌朝、十津川は、前夜の戸惑《とまど》いを引きずったまま、警視庁に、出勤した。

戸惑いは、妻の直子のことである。好奇心が、旺盛すぎるから、とんでもないことをしないとも限らない。それが、心配だった。何といっても、事件、特に、殺人事件に関してはアマチュアなのだし、犯人のほうは、だからといって、手心は、加えないからである。

「栃木県警から、リストを送って来ました」

と、亀井《かめい》が、いった。

「何のリストだい？」

「昨日《きのう》、『あいづ』のグリーン車に乗っていた乗客のリストです」

「西那須野で、乗り込んで、県警の刑事が作ったやつか」

「そうです。全員で、十六名。そのうち、東京が、九名です」

「グリーン車の定員が、確か四十八名だから半分以下か」

「かなり、すいていたようです」

「しかし、犯人は、グリーン車で、刺したあと、他の車両に、逃げて行ったかもしれんじゃないか」

「その点をききましたら、車掌にも協力してもらって、九両の車両の乗客全員の切符を調べたそうです。それで、グリーン切符の人だけ住所、名前を、メモしたと、いっています」

「それならいいが」

「みんなに、分担して、調べさせます」

と、亀井が、いった。

九名の乗客が、西本《にしもと》刑事たち三人に割り当てられ、彼らが、出かけて行った。

そのあと、日下《くさか》と、清水《しみず》刑事の二人が、もう一度、被害者橋口ゆう子のことを調べに、警視庁を出て行った。知りたいのは、彼女が、何を調べようとしていたかである。

「警部の奥さんが聞かれたダイイングメッセージのことは、どう思われますか？」

と、二人だけになってから、亀井が、十津川に、きいた。

「アキ——ねえ。普通に考えれば、犯人の名前だろうね」

「秋本《あきもと》とか、秋山《あきやま》ですか」

「ああ。或《あ》いは、明《あき》といった姓名の名のほうかもしれない」

「私は、ひょっとして、地名かも知れないと思って、調べてみたんですが」

と、亀井が、いう。

「地名ね。アキのつく地名か」

「東北だと、秋田《あきた》がありますが」

「しかし、被害者は、猪苗代へ行くことになっていたんだろう？」

「そうなんです。猪苗代までの間に、アキのつく地名なり、駅名なりがあるかと思ったんですが」

「あるかね？」

「あの列車が停車する駅にはありません」

「じゃあ、やはり、犯人の名前だろう」

と、十津川は、いった。

「もう一つわからないのは、列車の中で刺されたのに、目撃者がいないことです」

亀井が、首をかしげた。

「それは、グリーン車が、すいていたからだろう。ががらなら、気づかれずに、刺せるんじゃないかね。手袋をはめていれば、指紋はつかないよ」

「ええ。そうですが――」

「まだ、不満かね？」

「刺した時間も、妙なんですよ」

と、亀井が、いう。

「時間というと？」

「被害者は、宇都宮から乗って来ましたから、もちろん、そのあとでなければ、刺せませんが。だから、宇都宮を出てから刺したのはわかるんですが、刺されたあと、次の停車駅まで五、六分かかっています」

「カメさんのいいたいことは、わかるよ。犯人は、逃げることを考えれば、当然、次の停車駅に着く直前、刺すんじゃないかということだろう？」

「その通りです。刺しておいて、列車が、駅に着いたら、すぐ逃げる。私が犯人なら、そうします」

「私も、そうするよ」

と、十津川は、いった。

「なぜ、今度の犯人は、そうしなかったんでしょうか？」

「なぜかな。絶対に逃げる自信があったのか、それとも、時間的な余裕がなかったのか」

「余裕といいますと？」

「犯人は、もっと、西那須野に近づいてから、殺したかった。或いは、その次の黒磯に近づいてからね。しかし、被害者が、気づいて、騒ぎかけたので、刺してしまった。そういうことさ」

と、十津川は、いった。

「なるほど」

「だが、違うかもしれないね」

と、十津川は、慎重に、いった。

日下と清水の二人が、先に、帰って来た。

「橋口ゆう子ですが、昨日、三月二十八日の午前九時に、自宅マンションを出たことが、わかりました」

と、日下が、報告した。

「すると、宇都宮には、一時的に立ち寄っただけなんだな？」

「そうですね。たぶん、上野から、新幹線で宇都宮へ行き、何か、用をすませてから、『あいづ』に、乗ったんだと思います。上野に、午前十時に着いたとして、新幹線で、宇都宮まで四十七分です。何か、用事をすませてからでも、下りの『あいづ』に、乗れます」

「誰と会ったかがわかれば、犯人の目星《めぼし》もつくな」

と、十津川はいい、すぐ、栃木県警の大内警部に、知らせた。

西本たちが、帰って来たのは、午後になってからである。

栃木県警から依頼された九人の乗客のことを、調べ終わってである。

「九人とも、住所、氏名とも、実在していました」

と、西本は、メモを見ながら、いった。

「本当のことを、話していたということだね」

「そうです。問題は、殺された橋口ゆう子との関係ですが、九人とも、何の接点もありません」

「当人がなくても、家族に、あるかもしれんよ」

「そう思いましたので、家族のことも、調べました。友人関係もです。しかし、橋口ゆう子という名前は、まったく、浮かんで来ませんでした」

「動機なしか」

「そうです。この九人の中に、橋口ゆう子を殺す動機の持ち主は、いませんでした。

それから、これは、九人が、昨日、どこへ、何しに行くところだったかを、調べたものです」

と、西本はいい、メモを、十津川に、渡した。

5

十津川は、その九人と、他に、東京以外の乗客七人の名前を、並べて、じっと見すえた。

「アキ——」に該当する名前は、ないかと思ったからである。

秋吉実《あきよしみのる》（三五歳）東京都練馬区《ねりま》石神井《しやくじい》

M鉄鋼業務課係長

妻の実家が、会津若松にあり、妻子が先に帰っていて、二十八日に、本人も、休暇をとって帰る途中。

この一人だけである。

西本たちの調べたところでは、平凡なサラリーマンで、殺人とは、無縁な人間に見えるし、橋口ゆう子との間に、接点は、見つからないということだった。

「これは、警部のいわれた通り、グリーン車ではなく、他の車両に、犯人がいたんだと思いますね」

と、亀井は、「あいづ」の編成図を見ながらいった。

九両編成の「あいづ」は、6号車が、グリーンだから、会津若松方向に向かって、その前方に、三両、後方に、五両の車両が、連結されている。

自由席が三両、指定席が五両である。

ウィークデイで、すいていたといっても、一両に、二十人くらいの乗客は、いたに違いないから、グリーン以外に、百六十人前後の乗客はいたのである。

亀井は、その中に、犯人がいたのではないかという。

「その人間が、グリーン車に入って来て、橋口ゆう子を刺殺し、また、他の車両に、逃げたということかい？」

と、十津川が、きいた。

「そうです。グリーン車の乗客には、犯人がいないようですから、他の車両にいたと考えるのが、妥当だと思いますね」

「橋口ゆう子というのは、売れっ子のライターだったのかな？」

「いえ。新人でしょう。あまり、名前は、聞いていませんから」

「そんな新人が、普通、取材に行くのに、グリーン車を利用するものだろうか？　自由席だって、すいていたんだし、宇都宮から、猪苗代まで、わずか、二時間なのに」

と、十津川が、首をかしげた。

亀井が、「どうなんだ？」と、日下に、きいた。日下が寄って来て、

「彼女と一緒に仕事をした人間の話では、取材では、いつも、自由席で、旅行していたそうです」

と、いった。

「すると、取材の相手に、グリーンの切符を貰《もら》ったかな？」

と、十津川が、いった。

「しかし、警部。取材する相手に、そんなものを貰ったら、まずいと思うんじゃありませんかねえ。もし、彼女が取材しようとしていたことが、いろいろと、問題のあることだったとすると、なおさらだと思うんですが」

亀井が、異議を唱《とな》えた。

「普通は、そうだがね。彼女が、何を調べようとしていたのか、それがわかれば、グ

リーン車に乗った理由も、わかってくると思うんだがねえ」

「その点を、もう一度、調べてみてくれ」

と、亀井は、日下と、清水の二人にいった。

二人が、出かけて行ったあとで、電話が入った。

相手は、栃木県警の大内警部だった。

「宇都宮での橋口ゆう子の行動が、わかりましたよ」

「誰かに、会っていたんですか?」

と、十津川は、いった。もし、その相手がわかれば、解決に近づくと思ったのだ。

「誰かに、会うために、宇都宮に来たことは、間違いありません。JRの駅の前から、タクシーに乗っています。二十八日の午前十一時二十分頃、橋口ゆう子と思われる女性が、タクシーに乗っています。どうやら、一一時〇七分着の東北新幹線の『やまびこ105号』に、乗って来たと、思われます」

「タクシーは、どこへ行ったんですか?」

「駅から車で七、八分のところにあるKホテルです」

「そこで、誰かと、会ったんですか?」

「ホテルの話では、彼女は、ロビーに入って来て、まず、周囲を見まわし、それから、腰を下ろして、誰かを、待っているようだったと、いっています。美人なので、フロントは、よく覚えていたといっています」

「そのあとは？」

「二時間近く、ロビーにいたそうです。その時、フロントに近づいて、自分は、橋口ゆう子だが、何か、メッセージは来ていないかと、きいたといっています」

「なるほど」

「フロントが、来ていないというと、そのあとも、しばらく、ロビーにいましたが、腕時計を見ながら、出て行ったそうです」

「そのあと、宇都宮から、下りの『あいづ』に、乗ったわけですね？」

「そう考えられます。一時間前に、遺体の解剖がすみましたが、胃の中には、ピザの材料と思われるものが、まだ、完全に消化されずに、残っていたということです」

「つまり、Kホテルを出たあと、『あいづ』に乗るまでに、ピザを食べたということですか？」

「そう考えて、駅周辺の店を、今、洗っています。Kホテルを出たのが、午後一時三十分頃で、下りの『あいづ』の宇都宮発が、一五時三五分（午後三時三五分）ですから、その間に、食事をしたんだと思います」

と、大内は、いった。

「Kホテルで、誰と会うことになっていたかがわかれば、いいんですがねえ」

「そうなんです。それで、これからも、そちらの調査に、期待しております」

と、大内は、いった。

確かに、その通りだった。問題は、何のために、橋口ゆう子が、「あいづ」に乗って、猪苗代へ行こうとしていたかということに、なってくるからである。

日下から、興奮した口調で、電話連絡が入ったのは、その二時間ほど、あとだった。

「橋口ゆう子が、何を調べていたか、わかりましたよ」

6

「何を調べていたんだ？」

と、十津川が、きいた。

「片岡友子《かたおかともこ》と、建設省事務次官の大田原健一《おおたばらけんいち》とのスキャンダルです」

「女優のか？」

「そうです。女優の背後に、T不動産がついていて、T不動産の社長は、その次官から、いろいろと、情報を得て、大儲《おおもう》けをした。どうやら、贈収賄《ぞうしゅうわい》事件に発展しそうだという話です」

「それを、調べていたということなのかね？」

「そうです」

「猪苗代には、なぜ、行くことにしていたんだろう？」

「それはわかりませんが、猪苗代湖に、片岡友子の別荘があります。T不動産が、建てたものですが」

「なるほどね。この事件について、誰かが、橋口ゆう子に、情報を渡すといったので、彼女は、出かけたということかね？」

「そうなると、思います」

「では、片岡友子と、T不動産の社長、何といったかな？」

「徳田誠一郎《とくだせいいちろう》です」

「その二人が、今、どこにいるか、また、二十八日に、どこでどうしていたか、わかっているのかね？」

「それは、まだです。これから、調べてみます」

と、日下は、いった。

「頼むよ」

と、十津川は、励ましてから、すぐ、大内警部に、連絡をとった。

大内も、興奮した口調になって、

「猪苗代湖に、片岡友子の別荘があるかどうか、調べてみます」

と、いった。

「宇都宮のホテルで、会うことになっていたのも、その関係者の一人だと思いますね」

「同感です」

と、大内は、いった。

少し、事件の核心に近づいたなと思った。

そうなると、十津川は、妻の直子のことが、心配になってきて、退庁後に、猪苗代湖のペンションに、電話をかけた。

「何の用なの？」

と、直子は、十津川に、きいた。

「どうしているかと思ってね」

十津川は、当たり障《さわ》りのないいい方をした。

「元気でいるわ。今日も、猪苗代湖のまわりを歩いて来たの。ところどころに、雪が残っているけど、もう、春の息吹《いぶ》きが感じられて楽しかったわ」

直子は、元気な声を出した。そのことに、十津川は、ほっとしながら、

「東北の春を、楽しみたまえ」

と、いった。事件のことを忘れてと、暗に、いいたかったのだ。

「楽しんでるわ。今日、湖畔を歩いていたら、素敵な別荘があったの。お城みたいな感じだったわ。小さなお城。プチ・シャトーね。誰の別荘かと思ったら、女優の片岡友子の別荘なのよ」

「――――」

十津川は、やれやれと、思った。

直子が、事件に首を突っ込むと困るなと思っているのに、どうして、関係してくるようになってしまうのだろうか。

「あなた。聞いてらっしゃるの？」

と、直子の声がする。

「ああ、聞いてるよ」

「片岡友子って、知ってるでしょう？　美人女優の」

「知ってるよ。会ったことはないがね」

「何いってらっしゃるの？　私だって、女優さんに会ったことなんかないわよ」

と、直子は、電話の向こうで、笑った。

「それで、その別荘で、誰かに会ったのかね？」

十津川のほうから、今度は、質問した。

「誰かいたら、いろいろと、話を聞こうと思ったんだけど、誰もいなかったみたい。インターホンを鳴らしてみたけど、応答がなかったから」

と、直子は、いう。

「もう、その小さなお城には、近づかないほうがいいね」

「なぜ？」

「例の事件だがね」

「ええ。『あいづ』の車内で殺された女性の事件ね。あれと、関係があるの？」

もう、直子の声が、弾《はず》んでしまっている。十津川は、困ったものだと思いながら、

「殺された女性は、どうやら、猪苗代湖で、片岡友子に会いに行く予定だったらしいからだよ」

「本当なの？」

「県警が、その別荘を調べるはずだ。だから、君は、近づかないほうがいい」

「でも、見に行くだけなら、構わないでしょう？」

「県警の捜査の邪魔はしないでくれよ」

「大丈夫。私だって、刑事の奥さんだから、ちゃんと、心得てるわ」

と、直子は、いった。

（本当に、心得てくれているといいんだが）

と、十津川は、内心、心配だったが、

「わかった。気をつけてね」

とだけ、いって、電話を切った。

十津川は、自宅マンションに帰ったのだが、深夜になって、亀井から、電話が入った。

「片岡友子が、行方《ゆくえ》不明です」

と、亀井が、いった。

「どういうことなんだ？」

と、十津川は、きいた。

「日下君たちが、関係者のアリバイを調べに行ったんですが、その時、片岡友子について は、居所《いどころ》が不明で、マネージャーに、会ったんです。そのマネージャーから、さっき、電話がありまして、彼女を探しているんだが、見つからない。何かあったかもしれないので、心配だというんです」

「マネージャーは、今、どこにいるんだ？」

「警視庁に来ています。電話して来たので、くわしいことを聞くために、来てもらったんです」

「私も、すぐ行くよ」

と、十津川は、いった。

十津川は、直子のミニ・クーパーSに乗り、警視庁まで、走らせた。

ひっそりと静まり返った捜査一課の部屋に、若いマネージャーが、不安げな顔で、亀井と、十津川を待っていた。

名前は、井上《いのうえ》といい、二年前に大学を出て、芸能プロダクションに入り、去年の十月から、片岡友子のマネージャーになったという。

「昨日から、所在が、つかめないそうです」

と、亀井が、いった。

「猪苗代湖に、別荘がありますね。あそこに、行ってないんですか?」

十津川は、井上を見て、きいた。

「一応電話してみましたが、誰も、出ません。それに、まだ、寒いですから、彼女は、猪苗代には、行かないと思います。あの別荘は、夏に水上スキーを楽しむために行くと、いっていましたから」

と、井上は、いう。

「三月二十八日は、どこにいましたか?」

「久しぶりの休みをとって、ひとりで、過ごしていましたが」

「ひとりでというと、あなたとも別にですか?」

「ええ」

「すると、二十八日から、ずっと、行方不明なんじゃありませんか?」

「それは、違います。二十八日の夕方、電話があって、明日は、午前八時のNテレビの仕事があるから、テレビ局の前で、落ち合いましょうと、いっていたんです」

「しかし、午前八時には、Nテレビに、来なかったんですね?」

「ええ。そうなんです」

「二十八日は、どこにいたか、わかりますか?」

「彼女は、たまに、休みがとれると、一日、自宅で、ぼんやりして過ごすと、いっていましたから、二十八日も、そうしていると、思っていたんです」

「しかし、二十九日、自宅には、いなかった？」

「そうです。原宿《はらじゅく》のマンションには、いませんでした」

「テレビ局の前で、会うというのは、おかしいんじゃありませんか？」

と、十津川は、いった。

「そうなんです。普通は、朝、僕が、迎えに行くんですが、昨日の朝は、何か、わけがあるのだろうと思ったんです」

「なるほどね。彼女と、T不動産の徳田社長との関係は、もちろん、知っていますね？」

「ええ。週刊誌に、取り上げられたりしていますがね。しかし、警部さん。友子は、別れる気になっていたんです」

と、井上は、いった。

「あなたにも、そう、いったんですか？」

「ええ。いっていました」

「橋口ゆう子という女性を知っていますか？」

「橋口？　列車の中で殺された人じゃありませんか？」

「そうです。ルポライターでね、徳田社長のことや、片岡友子さんのことを、調べていたと思われるんですよ。どうですか？　彼女のことを、片岡友子さんから、何か、聞いていていませんか？」

「そういえば――」

「何です？」

「二十五日だったと思いますが、Sテレビで、仕事があった時、二十六、七歳の女性が、友子に会いに来ました。彼女が、確か、橋口とか、いってましたが」

「片岡友子さんは、その時、会ったんですか？」

「ええ。テレビ局の喫茶室で」

「どんな話をしたか、覚えていますか？」

「それが、友子が、二人だけにしてほしいというもので」

「会う約束がしてあったんですかね？」

「わかりません。友子は、あまり、雑誌記者やカメラマンに会うのは、好きじゃないんですがね」

と、井上は、いった。

「最近、徳田社長に会ったことがありますか？」

「いえ、最近は、会っていませんが――」

と、井上は、首を横に振った。

「片岡友子さんが、原宿のマンションにいないことは、間違いないんですね？」

「ええ。キーを預かっているんで、念のために、中に入ってみましたが、誰もいませんでした」

「明日、猪苗代湖へ、私と一緒に、行ってくれませんか？」

と、十津川が、いうと、井上は、びっくりした顔になって、

「しかし、彼女が、あの別荘へ行ってるはずはありませんが」

「とにかく、一緒に行ってください」

と、十津川は、いった。

7

翌三十日の朝、十津川と、亀井は、井上マネージャーを連れ、上野から、東北新幹線に乗り、猪苗代に向かった。

郡山で乗りかえ、猪苗代に着いたのは午前九時半過ぎである。

駅には、福島県警の田宮《たみや》という警部と、栃木県警の大内警部が、迎えに来ていた。

十津川は、二人に、井上マネージャーを、紹介してから、

「別荘は、どうなっていますか？」

と、きいた。

「令状がとれたので、これから、中を調べてみようと思っているところです」

と、福島県警の田宮が、いった。

十津川たちは、二台のパトカーに分乗して、猪苗代湖に向かった。

直子のいった通り、湖の周囲には、ところどころ、雪が、残っている。

パトカーは、湖岸を走る国道四九号線を、会津若松に向かって走り、翁島《おきなじま》の見えるあたりで、停まった。

なるほど、小さなお城のような、洒落《しゃれ》た別荘の前だった。

玄関のカギをこわし、福島県警の田宮を先頭に、家の中に入った。

若い刑事の一人が、部屋の明かりをつけた。

一階の居間は、ひんやりと、寒かった。石油ストーブが、二つ置かれていたが、二つとも、消えている。

三十畳近い居間の隅《すみ》に、ナイトガウン姿の若い女が、倒れていた。

「片岡さん！」

と、井上が叫んで、駆け寄る。

それを、田宮が、制し、屈《かが》み込んで、脈を調べていたが、

「死んでいますね」

と、十津川たちに、いった。

「首を絞《し》められていますね」

と、いったのは、大内だった。

田宮が、室内の電話で、鑑識を、呼んでいる。

十津川は、邪魔になっては悪いと考え、亀井と、しばらく、外に出ていることにした。

二人は、春の陽光の中で、湖畔を、歩いた。

「やはり、橋口ゆう子は、ここで、片岡友子に、会うことにしていたんですかね？」

と、亀井が、歩きながら、きいた。

「そうだろうね。少なくとも、橋口ゆう子は、そのつもりで、二十八日、宇都宮から、『あいづ』に、乗ったんだろう」

「だが、車内で、何者かに、殺されてしまった。彼女を、片岡友子に会わせたくない人間が、殺したんだと思いますが」

「整理してみよう」

と、十津川は、いった。

二人は、立ち止まり、十津川は、煙草《たばこ》に火をつけた。

「橋口ゆう子は、T不動産と建設省との間の贈収賄事件を、調べていた。そのカギを握る人間として、片岡友子に、会った。二十五日だ」

と、十津川は、いった。

「そこで、何か、約束が、出来たんでしょうか？」

「マネージャーの言葉によると、片岡友子は、T不動産の徳田社長から、離れたがっていたというから、それを、橋口ゆう子の力を借りて、やろうとしたのかもしれない。二十八日は、休みがとれるから、猪苗代湖の別荘に来てくれ。その時に、何もかも話すと約束した」

「片岡友子は、別荘に行って、橋口ゆう子を、待っていたわけですか？」

「そうだろうね」

「すると、『あいづ』のグリーンの切符を送ったのも、片岡友子ということになって来ますね」

「そうだな。それを知って、贈収賄の関係者が、橋口ゆう子を殺し、片岡友子も、消したというのが、今度の事件だろうね」

「関係者というと、建設省の次官と、T不動産の徳田社長ということですね」

「二人のアリバイを、日下刑事たちが、調べているんだろう？」

「そうです。それで、犯人が、わかります」

と、亀井は、いった。が、すぐ、首を振って、

「しかし、一つだけ、わからないことがあります」

「何だい？」

「橋口ゆう子が、宇都宮のKホテルで、誰に会うつもりだったかということです」

「そのことか」

十津川も、考え込んでしまった。

「片岡友子が、猪苗代湖の別荘で、待っているのだとすれば、橋口ゆう子は、別に、宇都宮で、降りる必要は、ないわけです」

「犯人かな？」

と、十津川は、呟いた。

「しかし、橋口ゆう子は、『あいづ』の車内で、殺されたんですが」

「そこが、はっきりしないねえ。犯人は、宇都宮で、殺そうとしたが、何かの理由で、行くことができず、やむを得ず、『あいづ』の車内で、殺したのかな」

と、十津川は、いった。

だが、何となく、しっくり来ない感じがする。

二人は、うまく、推理できないままに、別荘に戻ることにした。

8

別荘の近くまで戻った時、亀井が、急に、「あれ？」と、声をあげた。

「警部の奥さんがいますよ」

なるほど、別荘の傍で、妻の直子が、友人と二人で、こっちを見ている。十津川は、照れ臭くて、

「家内の友だちが、この近くに、ペンションを建てていて、遊びに来ているんだよ」

「それで、『あいづ』の車内で、事件にぶつかられたわけですか？」

「そんなところだ。とにかく、中に入ろう」

十津川は、亀井にいい、そそくさと、別荘の中に入った。

鑑識は、すでに引き揚げ、死体が、これから担架《たんか》にのせられて、運び出されるところだった。

「死因は、やはり、首を絞められたことでの窒息死です」

と、福島県警の田宮警部が、十津川に、いった。

「時間は、まだ、わかりませんか？」

「二十八日の夜だろうと、検視官は、いっています」

「橋口ゆう子が殺されたのと同じ日ですか？」

「そうです。同じ犯人だとすると、『あいづ』の車内で、まず、橋口ゆう子を殺し、続けて、この別荘にやって来て、片岡友子を殺したようですね」

と、栃木県警の大内警部も、いった。

「一日に二人ですか」

亀井が、ぶぜんとした顔で、呟いた。

「犯人にしてみれば、危機感を持ったんだろう」

と、十津川は、いった。

「しかし、犯人逮捕は、近いと思いますよ。東京で調べてくださったおかげで、T不動産の徳田社長と、建設省の次官、大田原健一のどちらかが、犯人だろうと思っています。或いは、二人が、共犯か」

大内が、楽観的に、いう。

「今、私の部下が、二人のアリバイを調べています」

と、十津川は、いった。ただ、十津川は、大内ほど、楽観的には、なれなかった。

徳田にしろ、大田原にしろ、中年の分別盛《ふんべつざか》りだし、頭だって、悪くはないだろう。

そんな人間が、すぐ、足がつくようなことを、するだろうかという不安が、あるからだった。

それに、容疑者が、はっきりしているのはいいが、もし、この二人のアリバイが成立してしまうと、あとが、大変だろうとも、思う。

十津川と、亀井は、その日は、別荘近くの旅館に泊まることにした。

午後になって、待っていた日下たちからの電話が入った。

「建設省の次官は、アリバイが成立しました。二十八日は、建設省の次官室で、何人かの来客と、会っていますし、午後八時頃まで、省内で仕事をしていたことが、確認されました」

と、日下は、いった。

「徳田のほうは、どうだ？」

「彼は、仕事で、二十七日から秋田へ出かけていて、二十九日の夕方、帰って来たと、いっています」

「秋田だって？」

「はい。秋田では、市内の旭《あさひ》ホテルに泊まり、二十八日の昼過ぎに、チェック・アウトして、福島に行き、二十八日は、福島の吉田《よしだ》旅館に、泊まったと、いっています」

「確認したのかね？」

「一応、ホテルと旅館に、電話しました。秋田の旭ホテルでは、間違いなく、二十七日の午後三時に、チェック・インし、翌二十八日の昼の十二時三十分に、チェック・アウトしたそうです」

「しかし、その間に、外出したかどうかは、わからんのだろう？」

「そうですが、二十八日の朝八時に、ルームサービスで、朝食をとっています。サービス係は、徳田が、部屋にいたことは、確認しています」

「すると、『あいづ』の車内で、橋口ゆう子は、殺せないね？」

「殺せません」

「福島のほうは、どうなんだ？　間違いなく、徳田は、福島に行ってるのか？」

「市内の吉田旅館に問い合わせました。二十八日の夜、間違いなく、泊まっていますね」

「夜？　何時頃だ？」

「午後八時頃だそうです。そして、翌二十九日に、東北新幹線で、帰京しています。吉田旅館でも、二十九日の午後、出発したことを、証言してくれました」

「秋田は、仕事か？」

「そうです。材木を見に行ったといっています」

「しかし、彼は、不動産屋で、建設業者じゃないんだろう？」

「なんでも、今度、伊豆《いず》に別荘を建てるので、自分で材木を見に行ったんだと、いっています。向こうで会った業者の名前をいっているので、今、秋田県警に、問い合わせているところです」

「福島には、何の用があったんだ？」

「こちらは、観光だそうです。自分で、そういっています」

と、日下は、いった。

「また、何かわかったら、すぐ、連絡してくれ」

と、十津川は、いって、電話を切ると、会津若松署に置かれた捜査本部に、連絡した。

田宮警部は、礼をいってから、

「夕食後、例の別荘へ行きますので、十津川さんたちも、おいでください」

と、いった。

9

十津川は、亀井を誘って、近くの喫茶店に行き、コーヒーを飲んだ。一日に一度は、コーヒーを飲みたくなる。

窓際のテーブルに腰を下ろすと、猪苗代湖の湖面が、かすんで見えた。

「私は、どうも、気になるんだがねえ」

と、十津川が、コーヒーを楽しみながらいうと、亀井が、すさかず、

「秋田でしょう？」

「ああ、橋口ゆう子のダイイングメッセージは、『アキ――』だ。ところが、二人の容疑者の名前は、徳田と、大田原で、アキはつかない。ただ、徳田は、前日から、秋

田に行っていたという。アキ――に該当するのは、この地名だけだからね。橋口ゆう子は、徳田が、秋田に行っているのを知っていたんじゃないかな」

と、十津川は、いった。

「あり得ますね。徳田が秋田へ行っている間に、猪苗代で、片岡友子に会おうとしたのかもしれません」

「うん」

「ところが、秋田にいると思っていた徳田が、同じ『あいづ』の車内にいた。だから、彼女は、死ぬ直前、『アキタ――』といおうとした。どうですか?」

「それなんだがねえ」

十津川は、腕を組んで、考え込んだ。

「しかし、徳田は、昼の十二時過ぎに、秋田のホテルを出ているとすると、絶対に、『あいづ』には、乗れませんね」

と、亀井が、いう。

「それもあるが、もし、徳田が、乗っていて、橋口ゆう子を刺したのだとしたら、彼女は、『トクダ――』というのが、普通じゃないかね？　なぜ『アキ――』と、いったのだろう？」

「やはり、地名の秋田のことじゃないんでしょうか？」

「わからないな。しっくりしないが、今のところ、秋田しかないからねえ」

と、十津川は、いった。

手掛かりが見えたと思ったのだが、それが、果たして、手掛かりかどうか、わからなくなってしまった感じである。

午後八時に、もう一度、片岡友子の別荘で、会合がもたれた時、十津川は、秋田を問題にしたが、福島県警の田宮も、栃木県警の大内も、首をひねってしまった。

田宮は、東北の地図をテーブルに広げて、

「秋田から、宇都宮まで、五百キロ近くありますよ。その秋田に、十二時までいたのなら、とても、宇都宮発一五時三五分の『あいづ』には、乗れませんね」

と、いった。

それなら、橋口ゆう子のダイイングメッセージは、何の意味だったのだろうか？

「片岡友子の解剖結果を、申し上げます」

と、田宮は、地図から顔を上げて、十津川たちに、いった。

首を絞められたことは、すでに、わかっていたが、問題の死亡推定時刻は、二十八日の午後六時から、八時の間だという。

室内にあった指紋は、被害者の片岡友子のもの以外にも、いくつか検出されたということだった。

ただ、その中に、徳田の指紋があっても、彼が、犯人だという証拠には、ならないだろう。徳田は、彼女のパトロンで、何回か、来ているはずだからである。

「ナイトガウンを着ていたことから考えて、彼女が、誰か、それも親しい人間に、会う気でいたことは、確かだと思います。また、単なる物盗《ものと》りの犯行なら、カギをかけて逃げないでしょう」

と、田宮は、自分の考えを、いった。

居間の隅には、ホーム・バーが設けられているのだが、グラスなどは、全て、しまわれたままだった。

しかし、田宮は、それが、使われなかったのではなく、使ったあと、犯人が、片づけてしまったのだろうと、いった。

「そう考えたほうが、自然だからです。というのは、彼女の胃の中に、アルコール分が、残っていたそうです」

と、田宮は、いった。

「すると、やはり、一番、考えられるのは、徳田ですかね」

大内が、考えながら、いった。

「しかし、橋口ゆう子を殺した犯人と、片岡友子を殺した犯人は、同一人物だと思いますよ」

と、田宮が、いった。

「となると、徳田は、橋口ゆう子殺しについて、確実なアリバイがあるから、片岡友子も、殺してないことに、なってしまいますよ」

と、大内が、いう。

田宮が、十津川を見た。

「徳田のアリバイは、間違いないんですか？」

「われわれが、調べた限りでは、今、報告した通りです。徳田が、二十八日の昼の十二時過ぎまで、秋田のホテルにいたことは、間違いないと思います」

と、十津川は、いった。

「すると、徳田は、シロになってしまいますね」

と、大内が、いい、田宮は、難しい顔で、

「徳田と、大田原の他に、橋口ゆう子と、片岡友子の二人を殺す動機の持ち主は、いるんでしょうか？」

と、十津川に、きいた。

「個人的に、橋口ゆう子を憎んでいる人間を、見つけることはできると思います。しかし、彼女は、徳田と大田原の間の贈収賄を、調べていたので、そのことで殺されたのだとすると、この二人以外に、犯人がいるとは、ちょっと、考えにくいんですがね」

「大田原のほうは、間違いなく、二十八日に、役所に、いたんですか？」

と、きいたのは、田宮だった。

「これも、間違いないと思います。何人かが、建設省の中で、彼に会っていますから」

「じゃあ、犯人は、あの列車に乗っていなかったのに、橋口ゆう子は、殺されてしまったことになるんですか？」

そんなはずはないという顔で、大内が、いった。

10

翌三十一日になって、意外な事実が、ＪＲから、報告された。

問題のグリーン車の9Dの座席の裏側に、何かを取りつけた痕跡《こんせき》が、見つかったというのである。

グリーンの9Dは、橋口ゆう子の座席だった。

十津川たちは、すぐ、郡山駅に停車している「あいづ」を、見に行った。

車掌長が、グリーン車に入り、9Dの座席を持ち上げて、裏側を見せてくれた。

なるほど、べったりと、ガムテープを貼りつけた痕《あと》が、合計、八カ所、ついている。

「かなり大きなものを、ガムテープで、しっかりと、取りつけたと思われます」

と、車掌長は、いった。

車内の清掃をしても、座席の一つ一つを、引っ繰り返して見ることはしないので、今日まで、発見が、おくれたのだという。

十津川と亀井、田宮、それに、大内たちは、その座席が、9Dであることに、拘《こだわ》った。

四人が、考えたことは、ほぼ、同じだった。

三月二十八日に、この座席の下に、ナイフが、発射されるような装置が、取りつけられていたらということである。

もし、座席を持ち上げると、ナイフが、飛び出すようになっていて、9Dにすわった橋口ゆう子が、何かの理由で、自分の座席を持ち上げ、裏側を、のぞき込んだら、どうなるのだろうか？

ナイフは、飛び出して、橋口ゆう子の胸に、突き刺さるのではないか？

ナイフは、二十八日に、仕掛けられたと見るべきだろう。

二十七日の「あいづ」に、仕掛けると、その日、9Dにすわった乗客が、何かの拍子《ひようし》に、座席の下に手をやったりして、気づくか、ナイフが飛び出して、その人間を、襲いかねないからである。

下りの「あいづ」は、一四時一五分に、上野を発車する。

JRの話では、その四十五分前に、列車は9番線に入っているという。清掃などの時間はあるが、十分前には、乗客は、乗れるはずである。

その間に、犯人は、9Dの座席の下に、ガムテープで、ナイフが飛び出す装置を、取りつけることも、できるだろう。

橋口ゆう子は、宇都宮から、乗って来た。とすると、犯人は、上野から宇都宮までの間に、仕掛けたことになる。

上野発一四時一五分で、宇都宮着は、一五時三一分である。

上野駅では、入線から発車までの間には時間があるから、一四時〇五分からと考えればいい。

「駄目だな」

と、十津川は、呟いた。

この時間帯まで広げても、徳田も、大田原も、アリバイが、成立してしまうのだ。

建設省次官の大田原は、この時間帯には、まだ、役所にいたし、徳田は、十二時過ぎに、秋田のホテルを、出ている。一五時三一分までに、宇都宮には、行けないだろう。

また、壁にぶつかってしまった感じだった。

猪苗代湖の旅館に、妻の直子から、電話があったのは、その日の夜だった。

「テレビで、見たわ」

と、直子が、いった。

「特急『あいづ』の座席のことかね？」

「ええ。あんなことができるの？」

「可能らしい。強いバネさえ用意できればね。それで、最近、そうした材料を買っていた人間を探すことになるんだが、これが、大変でね」

「私が聞いたダイイングメッセージは、どうなったの？」

と、直子が、きいた。

「それが、ぴったりしないんだよ。今度の事件で、君の聞いた『アキ――』に該当するのは、徳田が秋田にいたということだけなんだ。ところが、徳田には、アリバイがある」

「座席の下に、バネ仕掛けで飛び出すナイフを仕掛ける方法なら、『あいづ』に、乗っていなくてもいいんでしょう？」

「しかしねえ。座席の下に取りつけるには、一度は、『あいづ』に、乗らなければいけないんだ。それも、宇都宮に、列車が着くまでにね」

「建設省の次官にも、アリバイがあるのね？」

「完全なアリバイがね。大田原が、仕掛けられるチャンスは、『あいづ』が、上野駅に停車している間なんだが、この時間帯は、彼は、次官室で、外来者に会っていることが、確認されたんだ」

「人に頼んで、取りつける方法は？」

と、直子が、きく。

十津川は、苦笑して、

「殺人なんだよ。もし、他人に頼んだのなら、列車の座席の下に、仕掛けることなんかじゃなく、直接、橋口ゆう子を殺してくれと頼むよ。間違えて、他の座席に仕掛けてしまったら、大変だからね」

「じゃあ、片岡友子は？」

「彼女は、被害者だよ」

「私は、そんなに単純じゃないと思うのよ」

「彼女も、事件に一役買っているというのかね？」

「そうよ。彼女は、徳田なり、大田原の共犯だと思うの。橋口ゆう子だって、片岡友子の話だから、信用して、『あいづ』に乗ったんだと思うな。切符を送ったのは、間違いなく、片岡友子よ」

と、直子は、いった。

「座席に、仕掛けたのも、片岡友子だと思うのかね？」

「もちろんよ。橋口ゆう子が、なぜ、宇都宮で降りたかを考えれば、一番よくわかるんじゃないの」

「あれも、片岡友子が、そうさせたと思うのかね？」

「考えてもみてよ。もし、橋口ゆう子が、上野から『あいづ』に乗ってしまったら、座席の下には、仕掛けられなくなってしまうわ。どうしても、途中から、乗ってほしいのよ。だから、片岡友子は、橋口ゆう子に、こういったと思うの。二十八日の午前十一時か、十二時に、宇都宮のＫホテルのロビーで会いたい。そこで、全てを話すわってね。もし、何か理由があって、行けなくなったら、『あいづ』で、猪苗代湖の別荘に来てくれと。橋口ゆう子にしてみれば、特ダネが取れるかどうかの瀬戸際《せとぎわ》だから、嫌《いや》だというはずはないわ」

「それで、宇都宮のＫホテルのロビーで、じっと誰かを待っていたわけか」

「そうよ。その間に、片岡友子は、『あいづ』に乗り、グリーン車の９Ｄの座席の下に、仕掛けをしたんだわ。もちろん、友子は、そのまま、猪苗代まで、乗っていったとは、思わない。列車の中で、見つかってしまう恐れがあるもの。だから、上野駅に停車中に、仕掛けたか、上野から大宮までの間に仕掛けて、降りてしまったと思うの。そして、東北新幹線で、早く、猪苗代に来ていたに違いないわ」

「橋口ゆう子が、座席の下を見たのは、偶然だったとは、思えないがねえ」

「当たり前よ。それも、片岡友子が、彼女に、『あいづ』の座席の下に、今度の贈収賄事件を明らかにするような書類なり、テープを、ガムテープで、貼りつけておくから、乗ったら、すぐ、取り出して見てと、いっておいたに違いないわ。それで、橋口ゆう子は、宇都宮で乗ってから、９Ｄにすわり、座席の下を探《さぐ》ると、何かが、取りつけてある。でも、ガムテープで、しっかりつけてあるので、手で引っぱったくらいでは、取り出せない。そこで、座席を起こして、取ろうとしたんだと思うわ」

「それで、ナイフが飛び出して、彼女の胸を刺したか」

「バネを強くすれば、可能だわ」

「しかし、そのあと、あの座席の下に、痕跡は残っていたが、肝心《かんじん》の装置は、取り外されていたんだよ。誰が、外したのかね？」

「それは、たぶん、徳田だと思うわ。彼は、二十八日に、福島まで来たといっているんでしょう？　福島なら、郡山のすぐ傍だわ。『あいづ』が、事件の調べで、遅れたとしても、乗れるチャンスは、あったと思うのよ」

と、直子は、いった。

確かに、彼女のいうことにも、一理あると思った。徳田と、大田原のアリバイだけを調べていたが、殺された片岡友子のアリバイも問題にしたほうがいいかもしれない。

十津川は、そのことを、福島県警の田宮に話しておいて、亀井と、東京に帰ることにした。

大内も一緒に、東京へということになった。帰京している徳田を、訊問するためだった。

四月一日に、十津川たちは、東京に着き、大内警部と、三人で、すぐ、新宿《しんじゅく》西口に本社のあるT不動産を、訪ねた。

十津川が、徳田に会うのは、初めてだった。

先入観で、何となく、でっぷり太った、恰幅《かっぷく》のいい男を想像していたのだが、痩《や》せた、背の高い男だった。眼鏡《めがね》をかけているので、やさしく見えたが、それが、曲者《くせもの》なのかもしれなかった。

「そろそろ、いらっしゃると思っていましたよ」

と、徳田は、三人に向かって、笑顔で、いった。

大内は、厳しい表情で、

「特急『あいづ』の車内で、橋口ゆう子が殺され、同じ二十八日に、片岡友子が、猪苗代湖の別荘で殺されています。もちろん、ご存じと思いますが」

と、いった。

「知っていますよ。ただ、いずれも、東京に帰ってから、知ったんですがね」

「あなたのことは、調べさせてもらいました。二十八日の正午過ぎに、秋田のホテルをチェック・アウトしたことは、わかりました」

「その通りです。だから、二つの事件とは無関係ですよ」

と、徳田は、いう。

十津川が、口を挟んで、

「しかし、片岡友子殺しに無関係とは、いい切れないいんじゃありませんか？」

「なぜです？　私は、二十八日は、秋田から、福島へ行っているんですよ。『あいづ』にも乗っていないし、猪苗代湖へも行っていませんよ」

「だが、福島の旅館には、夜の八時に入っている。猪苗代湖の別荘で、片岡友子が殺されたのが、二十八日の午後六時から八時の間です。六時過ぎに殺し、車を飛ばせば、午後八時に、福島に着けるんじゃありませんかね」

「車を飛ばせばねえ。しかし、刑事さん。警察は、同じ犯人が、橋口ゆう子を殺し、片岡友子を殺したとみているんじゃないんですか？」

と、徳田は、きき返した。

「そうだったら、何をいいたいんですか？」

「つまり、私には、橋口ゆう子を殺せない。『あいづ』のグリーン席に、仕掛けられない。これは、はっきりしているわけでしょう。そうなると、私は、片岡友子も、殺してないということになるんじゃありませんか」

徳田は、開き直った感じで、十津川を見、大内を見た。

「橋口ゆう子と会ったことは、あるんですか？」

と、亀井が、きいた。

徳田は、肩をすくめて、

「知らないといいたいところですが、二度ばかり会っていますよ。会っているというより、取材だといって、強引に、会いに来たといったほうが、いいでしょう。仕方なく会って話をしただけですよ」

「片岡友子との関係は、本当なんですか？」

「週刊誌に書かれたことですか？」

と、徳田は、笑って、

「私は、昔から、書かれやすいというのか、いろいろと、あることないこと、書かれましたよ。女のことでも、金のことでもね。ほとんど、でたらめですがね」

「片岡友子とのことは、どうなんです？」

「私は、彼女のファンでしてね。年甲斐《としがい》もなく、応援したこともあるし、猪苗代湖の別荘については、紹介もしました。しかし、それだけのことですよ。男と女の関係はありませんでしたよ。私にも、妻子がありますからねえ」

と、徳田は、いった。

11

その日の夜、猪苗代湖に残っている直子から、十津川に電話が、掛かった。

「ごめんなさい」

と、直子が、いきなり、いった。

「何のことだい？」

「今度の事件のことよ。私が、間違っていたわ」

「どこが、間違っていたんだ？」

「片岡友子のことなの。二十八日に、彼女が、『あいづ』に乗り込んで、9Dの座席の下に、飛び出すナイフを仕掛けたんじゃないかって、いったでしょう？」

「ああ。他の二人には、不可能だからね」

「それが、駄目なのよ」

「駄目って、どういうことなんだ？」

と、十津川は、きいた。

「お友だちと二人で、猪苗代湖での彼女のことを、調べてみたの。そしたら、片岡友子は、二十七日の午後、別荘に来てることがわかったんだけど、二十八日の朝、彼女が、湖岸を散歩しているのを見た人がいたの。午前八時頃だと、いっていたわ」

「それ、間違いないのかね？」

と、十津川は、念を押した。

「間違いないのよ。見た人は、駐在のお巡《まわ》りさんだから、ウソをつくはずはないわ」

「しかし、二十八日の午前八時に、猪苗代湖にいたとしても、そのあと、『あいづ』に乗るために、出かけたということは、考えられるんじゃないかね。『あいづ』の上野発は、一四時一五分で、六時間もある。間に合うよ」

「午前八時だけだったらね」

「他の時間にも、目撃者がいるのか？」

「そうなの。湖畔に、野口英世記念館と、会津民俗館なんかがあるんだけど、その傍に、清作茶屋《せいさくちゃや》という民家風の店があって、山菜料理とか、おでんを食べさせてくれるのよ。私も、お友だちと、二、三回行ったんだけど、ここの従業員が、二十八日のお昼に、片岡友子が、食べに来たと、証言してるの」

「二十八日というのは、間違いないんだろうね？」

「サインをしてもらってるの、色紙にね。それも見せてもらったわ。三月二十八日と書いてあるし、間違いないわ」

「なるほどね」

「それで――」

「まだあるのか？」

「午後三時頃、別荘近くの酒屋さんが、あの別荘に、缶ビールを一ダース届けているのよ。運んだ店員さんが、本物の片岡友子が出て来たんで、あわてて、店に引き返し、ノートを持って来て、サインしてもらったと、いってるのよ。つまり、午前八時、正午、それに、午後三時の三回も、見られているの。これじゃあ、二十八日は、ずっと、猪苗代にいたとみていいと思うの」

　と、直子は、いう。

「すると、彼女が、特急『あいづ』のグリーン席に、ナイフを仕掛けることは、できなかったということになるんだな？」

「そうなの。ごめんなさい」

　と、直子は、また、いった。

「参ったよ」

十津川は、正直に、いった。

「前日の二十七日に、仕掛けるというのは、駄目なの？　二十七日の片岡友子なら、できたと思うけど」

と、直子が、いった。

「駄目だよ。前日では、問題の９Ｄに、誰がすわるかわからないし、機関区に帰ったあと、発見されるおそれがあるから、犯人が、怖がって、やらないだろう」

と、十津川は、いった。

「じゃあ、駄目？」

「駄目だ」

と、十津川は、いった。

片岡友子のアリバイについては、翌日、同じことが、福島県警の田宮警部からも、報告されて来た。

東京に来ている大内も、それを聞いて、落胆の表情を作った。

「これでは、犯人がいなくなってしまいますねえ」

と、大内は、いった。

「しかし、橋口ゆう子を、宇都宮に行かせたのは、片岡友子だと思いますよ」

十津川は、自信を持って、いった。

「そうでしょうか?」

「今度の事件は、たぶん、徳田と大田原が、相談して、うるさくなった橋口ゆう子の口を封じようと、考えたことが、発端だと思います。主役は、徳田でしょう」

と、十津川は、考えながら、自分の推理を、大内に、話した。

「それで、どんな計画だったわけですか?」

と、大内が、きく。

「徳田は、片岡友子に、頼んだんです。女優だから、芝居は、上手《うま》いでしょうし、橋口ゆう子も、彼女が、贈収賄事件のカギを握っていると思っていたでしょうから。彼女が、話したいことがあるといえば、飛びついてくる。徳田は、そう、読んでいたと思いますね。二十八日は、片岡友子が、休みをとれる。それを、起点にして、計画を立てたと思うのです。二十八日に、猪苗代湖の別荘に、来てくれと、いわせる。いや、まず、その前に、宇都宮のKホテルのロビーで、十一時から十二時の間に、会いたいと、告げる。もちろん、その時間、橋口ゆう子を、そこに、釘づけにしておいて、その間に、『あいづ』の9Dの席に、仕掛けておくためです。それでもう一つ、もし、Kホテルで会えない時は、『あいづ』に乗って、猪苗代湖の別荘に来てくれといっておき、宇都宮から、この列車に乗ってくれと、切符を送っておく。この二つの目的のためです。徳田が、いえば、橋口ゆう子は、断わったかもしれないが、徳田から離れたがっている片岡友子ということで、信用したんだと、思いますよ」

十津川は、語調を強めて、いった。ここまでは、正しいのだという自信があった。だが、この先が、なぜ、間違ってしまったのだろうか？　そこが、十津川には、わからなかった。

「もう一つ、橋口ゆう子のダイイングメッセージがありますね」

と、亀井が、いった。

「それが、どうしても、引っ掛かってくるんだよ」

「アキ――がつく人間が、別にいて、その人間が犯人だということは、ありませんか？」

と、大内が、きいた。

「徳田、大田原、片岡友子以外の人間ということですか？」

十津川が、大内を見る。

「ええ。まったくの第三者ではなく、徳田の片腕となっている人間といったことです。それなら、徳田のために、橋口ゆう子を殺す可能性があるし、彼女のほうでも、相手の名前を、知っていただろうと思いますがねえ。片岡友子のマネージャーでもいいし、大田原次官の兄弟かもしれません」

と、大内は、いった。

「調べてみましょう」

と、十津川は、約束した。

十津川は、西本刑事たちに、三人の友人、知人、兄弟を、徹底的に、調べるように、いった。その中に、「アキ――」に当たる名前の人間が、いないかどうかである。

徳田には、信頼している部下がいた。この男も、贈収賄事件に関係しているとみていいのだが、名前は、星野豊《ほしのゆたか》だった。

片岡友子のマネージャーは、前にも調べたが、名前は、「アキ――」ではない。

大田原の周囲の人間も、全て、洗い出してみた。

秋野《あきの》という男が一人いた。大田原と大学の同窓で、現在も親しくしている人間である。M銀行の重役になっていたが、当日のアリバイは、はっきりしていた。

「いませんね」

と、亀井は、西本たちの報告メモを見ながら、十津川に、いった。

「そうだろうね」

と、十津川は、うなずいてから、

「最初から、この線は、あり得なかったんだよ」

「と、いいますと？」

「宇都宮から、『あいづ』に乗った橋口ゆう子は、恐らく、片岡友子から、列車に乗ったら、座席の下を見るように、いわれていたんだと思う」

「その点は、同意しますが」

「橋口ゆう子は、座席を起こして、調べようとして、飛び出したナイフに、胸を刺された」

「はい」

「ただ、すぐには、死ななかった。彼女は、なぜ、こんなことになったか、必死になって、考えたんだと思うね。そして、『アキ――』といったんだよ」

「とすると、やはり、犯人を、示したことになりますね」

「その通りだよ。他に考えようはないんだ」

「しかし、それなら、なぜ、犯人の名前を、いわなかったんでしょうか？」

「だが、犯人の名前に匹敵することを、いったんだ。あの『アキ――』は、秋田だよ」

「つまり、徳田ということですか？」

「ああ。橋口ゆう子は、徳田が、秋田に行っていることを、知っていたんだ。だから、犯人が、徳田であることを示そうとして、『アキタ』と、いおうとしたんだと思うね」

十津川は、決めつけるように、いった。理由は、わからない。だが、確信はあった。

亀井は、首をかしげて、

「それなら、なぜ、『トクダ』と、いわなかったんでしょうか？　それに、いきなり、ナイフが、突き刺さったわけでしょう？　座席の下を見るようにいったのが、片岡友子だとすると、とっさに、彼女が犯人と思うんじゃありませんか？　一瞬のことで、犯人がわからなかったとしても、彼女は、猪苗代へ行く『あいづ』に、乗っていたんです。秋田に行く列車じゃありません。とすると、秋田にいる徳田より、猪苗代にいる片岡友子の顔を、思い浮かべるはずだと思いますが」

と、いった。

十津川は、「ああ」と、うなずいた。

「カメさんのいう通りさ。それなのに、橋口ゆう子は、徳田を意味するアキ――と、叫んだんだ。その疑問の答が見つかれば、今度の事件は、解決できると思うんだがね」

「そのためには、どうしたらいいんですか?」

と、亀井が、きく。

十津川は、じっと考えていたが、

「われわれは、殺された橋口ゆう子のことを、もう少し、調べる必要があるんじゃないかね」

「どんなことをですか?」

と、亀井が、きいた。

「正直にいって、それが、よくわからないんだ。ただ、彼女は、徳田が犯人だということを示すのに、『アキ――』と、いった。その理由がわかる何かが、浮かんで来るといいと思うのだよ」

と、十津川は、いった。

12

殺された橋口ゆう子について、もう一度、調べ直すことになった。

彼女の交友関係から、趣味まで、あらゆることをである。

その中の、何が、今度の事件に結びつくかわからない。

西本や、日下たちが、必死になって、橋口ゆう子に関する情報を集めに出た。

彼女の生年月日、血液型、家族構成、出身の高校、大学での評判、友人関係、ルポライターになってからの業績、仲間との関係、どんどん、十津川の手元に、メモが、多くなっていく。

血液型は、A。両親は、まだ健在。兄はすでに結婚し、堅実なサラリーマン。弟は、まだ大学三年生。

大学時代から、同人雑誌をやり、いくつか小説を書いていた。

ルポライターになったのは、高名なライターの、公害についての著作を読んだことが動機である。

仲間のライターは、「女らしくない、力まかせのルポ」と、批評している。力強いが、繊細さに欠けるということらしい。

「なかなか、今度の事件に関係することは、浮かんで来ないねえ」

と、十津川は、亀井と、顔を見合わせた。

「そうですね。少し、不安になって来ましたよ。この調子で調べていって、果たして、事件の解決に、役立つのかと思うと——」

珍しく、亀井が、弱気になっている。

橋口ゆう子の友人たちの話も、聞いてきた。だが、いずれも、事件の解決に、役立つものではなかった。

西本たちは、橋口ゆう子の読書傾向まで、調べた。だが、これも、空振りだった。

橋口ゆう子は、朝食は、牛乳とトースト、昼食はラーメン、夕食は、おおむね牛丼か、ライスカレー。煙草は、一日、マイルドセブンを二十本、アルコールは、ビールだけということも、わかった。

だが、これも、事件解決のヒントにはならなかった。

「もう、彼女について、調べることが、なくなりました」

と、西本が、十津川に、いった。

「もう一度、彼女の友人に、当たってみてくれ」

十津川は、西本たちを、励ますように、いった。

「しかし、あと、何を調べますか?」

「何でもいい。彼女の趣味でも、結婚観でもいいから、聞いて来てくれ」

と、十津川は、いった。

西本たちは、再び、何人かの橋口ゆう子の友人に会って来た。

その中で、日下が、面白い話を、聞いてきた。

「橋口ゆう子は、旅行が好きだったそうです」

と、日下が、十津川に、いった。

「それだけじゃあ、手掛かりにはならないな」

「彼女は、いろいろな場所へ旅行していますが、実は、特急『あいづ』にも、前に乗ったことがあったらしいんです」

「本当か？」

「はい。会津若松に行く時、『あいづ』に乗ったと、友人に、話したことがあるそうです」

「間違いないのか？」

「はい。会津若松へ行く直通列車があるのがわかったと、面白そうに、話していたそうですから、間違いないと思います」

と、日下は、いった。

「どうみるね？」

十津川は、亀井を、見た。

「さあ、前に、彼女が、『あいづ』に、乗ったことがあったとしても、それが、今度の事件に、どう関係してくるのか、見当がつきません」

と、亀井は、いう。

「前の時は、彼女は、当然、上野から乗ったんだろうね」

「そう思います。しかし——」

「上野へ行ってみないか」

と、急に、十津川は、いった。

「上野へ行けば、何かわかるでしょうか?」

「どうかな。ワラをもつかむ気持ちなんだよ。考えてみると、われわれは、まだ、『あいづ』に乗っていないんだよ。郡山で、グリーン車の例の座席は、見せてもらったが、正式に、乗ったわけじゃないからね」

と、十津川は、いった。

13

二人は、上野駅に向かった。

着いたのは、午後一時少し過ぎである。

「少し早かったかな」

と、十津川は、呟いた。

9番線には、まだ、「あいづ」は、入線していなかった。

二人は、ホームで、「あいづ」が、入ってくるのを、待った。

十津川は、煙草に火をつけた。間もなく、「あいづ」が、入線してくるだろう。それに乗ったからといって、今度の事件が、解決できるのだろうか？

「来ましたよ」

と、亀井が、いった。

列車が、ゆっくりと、近づいてくるのが見えた。

「カメさん。違うよ。ヘッドマークを見たまえ。あれは、『つばさ』だよ」

と、十津川は、眼をそらして、いった。

先頭車両のヘッドマークは、山と湖をデザインした「あいづ」ではなく、赤い部分に、白い羽根を描いていて、「つばさ」と、書かれている。

「なるほど。あれは、『つばさ』ですね」

と、亀井は、うなずいたが、

「しかし、警部。9番線に入って来ますよ」

と、あわてた声で、いった。

亀井のいう通り、その列車は、ゆっくりと、十津川たちの待っている9番線に、入って来た。

列車は停止し、乗客が降りて来る。

十津川は、あわてて、時計に眼をやった。

一時三十分を、過ぎたところだった。十津川は、近くにいた駅員をつかまえて、この列車のことを聞き、手帳に、書き取って、亀井のところへ戻って来た。

「わかったよ。カメさん」

と、十津川は、興奮した口調で、手帳を見せた。

「特急『あいづ』は、上野―会津若松間を一往復しかしていない。これでは、不経済だというので、他のルートと共用しているんだそうだ。一日の列車の運用は、こうなっている。午前五時三八分L特急『つばさ8号』として、秋田を出発、同日の一三時三〇分上野に着く。今度は、下りの『あいづ』となって一四時一五分に上野を出発し、一七時五三分会津若松着。そのあとは、上りの『あいづ』として、翌朝九時三六分会津若松を出て上野へ、最後は、上野発一五時一五分の『つばさ17号』で、秋田へということになる。これの繰り返しなんだよ」

「大事なのは、秋田発の『つばさ8号』の部分ですね」

と、亀井は、いった。

「そうだ。徳田は、秋田にいて、『あいづ』のグリーン車の9Dの座席に、仕掛けることが、できたんだ。二十八日の午前八時に、ホテルのルームサービスをとっているが、『つばさ8号』の発車は、午前五時三八分だから、早朝、ホテルを抜け出して、駅へ行き、座席の下に仕掛けることは、簡単だよ。また、上野までと上野—宇都宮間の9D席の切符を買っておけば、誰かがすわる心配もないわけだからね」

と、十津川は、いった。

「橋口ゆう子は、胸を刺された時、『あいづ』が、秋田から来た『つばさ8号』だということを、思い出したんですね」

「そう思う。徳田が、秋田にいることも思い出したんだろう。その考えが重なって、徳田の仕業《しわざ》と直感したんだろうね。だから、あのダイイングメッセージは、恐らく、『秋田にいる徳田』と、いうものだったはずだ。それが、『アキ——』で、終わってしまったんだよ」

十津川は、すぐ、このことを、大内警部に知らせ、福島県警の田宮警部にも、連絡を、とった。

また、秋田県警に依頼して、三月二十八日の早朝のJR駅のことを、調べてもらった。なにしろ、「つばさ8号」の発車は、五時三八分という時刻である。

ホームに、人の姿も少なかったに違いないから、不審な動きをする徳田のことを、覚えている駅員がいるかもしれないと、思ったからである。

駅員はいなかったが、「つばさ8号」の車掌が、徳田のことを覚えていた。グリーン車にいて、発車直前に、あわてて、降りて行ったというのである。

妙な客だなと思い、覚えていたということだった。

その証言を得て、栃木県警が、徳田に対して、逮捕令状を出した。

四月四日、事件が発生してから、八日目である。

座席のナイフの発射装置を、いつ、どうやって片づけたのか、また、片岡友子殺害についてもいずれ、自供で明らかになるだろうと、十津川は思った。

十津川の妻の直子は、猪苗代湖が気に入ったらしく、湖畔に、小さな別荘を建てたいといっている。

『週刊小説』1989年3月17日号初出

愛犬殺人事件

1

のりスケが行方《ゆくえ》不明になったときの、直子《なおこ》のあわてぶりといったらなかった。

十津川《とつがわ》はもともと、男より女のほうが、度胸があるという考えの持ち主である。直子と結婚してからは、一層、その考えが強くなっている。

とにかく、妻の直子は、いかなる時でもあわてたことがない。度胸も、十津川より、はるかにある。

よく、昔は、女は愛嬌《あいきよう》、男は度胸といったが、今は逆で、男は愛嬌、女は度胸になったとなげく人がいる。が、なに、昔から、度胸は女だったのである。

その典型に見える妻の直子が、あわてふためいたのである。

のりスケというのは、三歳の雑種の犬である。性別は、オス。

二カ月前、その犬が、足に怪我《けが》をし、雨に打たれ、哀れっぽい声で鳴いていたのを、直子が、拾って来たのである。

医者に見せて、怪我を治し、それからは、自分で毎朝、散歩に連れて行くようになった。のりスケという名前をつけたのも、直子である。

家の近くに公園があり、そこで他の犬とも仲良しになったと、直子はいっていた。

直子の可愛《かわい》がり方も、半端《はんぱ》ではなくて、犬の美容院に連れて行き、

「おめかしをして、素敵な彼女をつかまえなくちゃね」

と、のりスケに、いい聞かせたりしていた。

そののりスケが、四月十六日に、突然、行方不明になってしまったのである。

前日まで、家の中で飼っていたのだが、新しい犬小屋が出来たのと、気候も暖かくなったので、庭で飼うことにしたのだが、それが、いけなかったのかもしれない。それとも、新しい犬小屋に、なじめなかったのか。

直子は、自転車で、探しまわった。十津川も協力したが、見つからない。

三日間、公園を中心にして、夫婦で探しまわり、直子が撮《と》ってあったのりスケの写真を元にして、何枚ものポスターを作り、貼ってまわりもした。

だが、手掛かりすらなかった。

「きっと、死んじゃったんだわ」

と、直子は、涙声になってしまう。十津川は戸惑《とまど》いながらも、彼女の知らなかった面を見たような気がした。

そんな時、十津川は、東京《とうきょう》都動物管理事務所の存在を知った。

野犬を収容する施設である。

「ここへ行ってみよう。のりスケが、収容されているかもしれない」

と、十津川は、直子にいった。

「うちののりスケは、野犬じゃないわ」

と、直子は、すぐ腹を立てた。

「しかし、狂犬病の予防注射を受けて、鑑札を貰《もら》ってないと、法律上は野犬なんだ。のりスケは、まだ、狂犬病の予防注射をしてなかったろう?」

「来週、受けに行くつもりだったの」

「それなら、野犬として扱われても、文句はいえないよ。たぶん、犬小屋を抜け出して、公園にでも行ったところを、捕まったんだ。鑑札がないということでね」

「どうしたらいいの?」

「この事務所に行ってみたらどうだね? そこに、保護されていたら、一刻も早く受け取りに行かないと、処分されてしまうよ」

と、十津川は、いった。

「処分されるって?」

不安げに、直子が、きく。

「殺されるんだよ」

「うちののりスケが？　そんなこと、許せないわ！」

と、直子が、声を高くした。

「念のために、東京都動物管理事務所のことを知っている奴に聞いて来たんだが、一年に、四千匹もの野犬が、収容されるらしい。捕まると、七日間そこに止めおいて、その間に飼い主が見つかれば、引き渡されるが、見つからないと、殺《さつ》処分されるというわけだ」

「そんな無茶な。なぜそんな野蛮なことが許されるの？」

「法律で、決められているんだよ。犬には、狂犬病という厄介《やっかい》な病気がある。だから、狂犬病対策として、昭和二十五年に、鑑札のない野犬の処分が、決められたんだ」

「じゃあ、すぐ、行きましょう。のりスケが殺されたら、大変だわ」

と、直子が、腰を浮かす。

「もう、夜の七時だよ」

「構わないわ」

「ここも、お役所なんだ。五時で閉まってしまうよ」

と、十津川は、いった。

「だから、お役所の仕事って、嫌《いや》なのよ」

直子は文句をいったが、翌日の昼前に、ひとりで出かけて行った。

2

八幡山《はちまんやま》の近くに、東京都動物管理事務所の西部支所がある。

直子が、車で向かったのは、この建物である。

直子は、係員に、のりスケの写真を見せた。

「十日前から、いなくなってしまったんです。こちらに来てるんじゃないかと思って」

「雑種ですね」

と、三十歳くらいの若い係員は、冷静な口調でいう。

「ええ」

「雑種のオスで、茶色——」

「ええ」

「調べてみます」

と、係員は、いった。

日時別に、収容された犬が、メモされている。

種類、捕獲した月日、場所、性別、毛の色などが、記入されたメモだった。雑種はMで示される。

「あなたの犬に似ているのは、赤の十八号ですね」

「赤の十八号?」

「こちらでは、犬が何と呼ばれていたかわかりませんのでね。識別するため、赤や青の首輪をつけ、番号をつけて呼んでいるんです」

と、係員は直子を、ガラス張りの檻《おり》に、案内した。

廊下の両側に、六つの檻が並んでいる。

捕獲されると、第一の檻に収容される。二日目、三日目と、檻が移されていく。六つ目の檻が最後で、次の七日目に、飼い主からの問い合わせがないと、処分されてしまうことになる。

係員は、そんなことを説明しながら、五つ目の檻の前へ、直子を案内した。

ガラスの向こうに、四匹の犬がいた。

雑種が三匹、それに一時流行したシベリアンハスキーが一匹。係員のいう通り、赤や青の首輪をつけられ、それに、番号札が、ぶら下がっている。

「五番目の檻にいる赤の十八号です」

と、係員が、指さした。

向こうを見ているので、顔が、はっきりしない。

直子は、ガラスを叩《たた》いて、

「のりスケ！」

と、呼んでみた。

すぐ飛んで来るはずなのに、赤の十八号は、壁の方を向いたまま、動こうとしない。

係員が、なぐさめるように、

「ここに連れて来られると、たいていの犬がショックで、飼い主が呼んでも、反応を示さないんですよ。もう一度、呼んでみてください」

と、いってくれた。

直子は、前よりも強くガラスを叩き、前よりも大声で、

「のりスケ！　のりスケ！」

と、呼んだ。

やっと、赤の十八号が、こちらを向いた。

直子は、もう一度、

「のりスケ！」

と、呼んだ。

今度は、尻尾《しっぽ》を振って、こっちに駆け寄ってきた。

直子は泣き笑いの表情になって、

「間違いなく、うちののりスケです」

と、係員に、いった。

檻から出されたその犬を、直子は、抱き上げた。

のりスケだった。のりスケは、安心したように、直子の顔をなめる。

くすぐったくて、直子は笑い出した。

係員に礼をいい、

「ここの犬は、飼い主が現われなければ、殺されるんですってね」

「残念ですが、そうなります」

「一番奥の檻の犬は？」

「明日、処分されます」

「可哀《かわい》そうに。何とかなりませんの」

と、直子は、六日目の犬の檻に眼をやった。二匹の犬が入っている。

係員の話では、最初は、五匹の犬が入っていたのだが、三匹は、飼い主が現われて、引き取られて行ったのだという。

直子は、そこから立ち去りがたくなって、じっと見ていたが、二匹の中の一匹に、見覚えがあるのに気づいた。

「あの犬」

「どっちの犬ですか？」

「白い犬のほうです」

「ああ、赤の十四号ですね」

「何処《どこ》にいたんですか？」

「国立《くにたち》の郊外に、倒産した工場があるんです。機械は全部売り払われて、廃墟になっていますが、そこで、捕獲されたんですよ。お宅の犬も、そこで、見つかったんです。一日後に」

「K公園じゃないんですか？」

「違いますよ。その公園から、二百メートルほど離れた場所です」

と、係員は、いった。

「あの犬は、ジュリエットって名前なの」

「ジュリエットって？」

「飼い主が、シェイクスピアの好きなお爺《じい》さんなのよ」

「その飼い主は、なぜ、引き取りに来ないいんですかね？」

「きっと、病気か何かで、来られないいんだと思います。私が、届けてあげます」

「しかし、飼い主でない人には——」

「私の夫が、責任持ちます」

と、直子は、いった。

3

直子は、のりスケと一緒に、ジュリエットも連れて帰り、帰宅した夫に、今日のことを報告した。

「警視庁の刑事って、信用があるのね。感心したわ」

「こわもてするんだよ」

と、十津川は、笑った。

「それで、ジュリエットも、連れて帰って来たの」

「うちののりスケと、仲がいいという犬か」

「ええ。恋人かもしれないわ」

「じゃあ、のりスケを改名して、ロミオにしたらいいんじゃないか。うちの犬も、少しは、上品になるかもしれない」

と、十津川は、いった。

「いいわね。明日、飼い主を探しに行かなきゃいけないのよ。名前は、知ってるんだけど、何処に住んでて、何をしてる人かわからないの。あなた、確か、明日は非番なんでしょう?」

「ああ。一緒に探してやるよ」

と、十津川は、いった。

翌日、二人はのりスケとジュリエットを連れて、まず、K公園に行ってみた。

「日曜日なんかに、ここにジュリエットを連れて来てるのよ。木下《きのした》さんといって、七十歳くらいの品のいい、お爺さん」

と、直子は、いう。

「この近くの人なんだろうね」

「そう思うわ。時々、そこのベンチに腰を下ろして、犬を遊ばせながら、本を読んでるの」

「会社を定年退職して、のんびりやってるってところかな」

「そういえば、どこかの会社を退職して、今は、非常勤の顧問をやってるみたいなことを、聞いたことがあったわ」

と、直子は、いった。

「それでは、この近所で、彼のことを聞いてみるか」

と、十津川が呟《つぶや》いた時、彼の携帯電話が、鳴った。

部下の亀井《かめい》刑事だった。

「折角のお休みのところ、申し訳ありませんが」

「事件か？」

「殺人事件《ころし》です。現場は、晴海埠頭《はるみふとう》のA号岸壁です。私は、そちらに行っております」

「私も、すぐ行く」

と、十津川は、いった。

「事件？」

と、直子が、きく。

「ああ。悪いが、ひとりで、その犬の飼い主を探してくれ」

「大丈夫。馴《な》れてるから」

と、直子が、笑った。

十津川は、晴海埠頭に、急いだ。

A号岸壁には、亀井や、西本《にしもと》刑事たちが、先に着いていた。

岸壁に、ドラム缶が一つ転がっていて、その傍《そば》に、濡《ぬ》れて、雑巾《ぞうきん》のようになった死体が、横たわっていた。

死体は、折れ曲がったように見えた。

「犯人は、死体を、あのドラム缶に、錘《おもり》と一緒に入れ、この岸壁から海に投げ込んだんだと思われます」

と、亀井が、十津川に説明した。

「それで、仏さんの身許《みもと》は？」

「七十歳前後の男性ですが、身許は、まだ不明です。なぜか、本が一緒に入っていました」

「本?」

「ええ。英語の戯曲《ぎきょく》です」

「シェイクスピアです」

と、傍から、西本がいった。

「シェイクスピアの原書か」

「仏さんが読んでいたのか、それとも、犯人が、何か理由があって、投げ込んでいったものか、わかりませんが」

「重しは何なんだ?」

と、十津川は、きいた。

「コンクリートの破片とか、鉄製のかたまりです。鉄のほうは、円や八角形で、加工途中のものだと思います。犯人が、なぜ、そんなものを重しに使ったのか、不明です」

「なぜ、ここに沈んでいるとわかったんだ?」

「電話です」

「電話?」

「女の声で、A号岸壁の海に、死体が、ドラム缶に入って沈められていると、一一〇番があり、築地《つきじ》署で念のために調べたところ、沈んでいるドラム缶が見つかったということです」

「その電話の主は、わかったのか？」

「公衆電話からで、若い女らしいとしかわかっていないそうです」

と、亀井は、いった。

十津川は、死体に眼をやった。小柄な老人の死体だ。すでに、腐敗が始まっている。身につけた、紺《こん》色のカシミヤのカーディガンは、浸《し》み込んだ海水で、変色してしまっている。

死後、十日以上経過しているのではないかと、十津川は思った。

死体は、司法解剖のために、大学病院に送られ、ドラム缶と、重しのコンクリートや鉄片は、築地警察署に運ばれた。

夜になって、解剖の結果が、報告された。

死因は、後頭部陥没《かんぼつ》。誰かに、鈍器《どんき》で強く殴《なぐ》られたのだろうという。

死亡推定時刻は、十一日前、四月十六日の昼だろうという報告だった。

血液型はA。二十代の頃、結核にかかった痕跡《こんせき》がある。

上の歯は、入れ歯だが、それは、失《な》くなっている。最近、のどのポリープを除去したと思われる。

その他、ズボンは、オーダーした上等のものであり、カーディガンも、最高品のカシミヤとわかった。

シェイクスピアの原書には、ところどころに、英語の書き込みがあった。

十津川は、それを全部、抜き書きしてみた。シェイクスピア劇の感想が、ほとんどだったが、その中に、次の文章があった。

（オフェリアは、アサミに似ている）

アサミが、どういう女なのか、これを書いた人間が、果たして、被害者なのかどうか、今のところ、わからない。

本人でないとしても、関係のある人間であることは、間違いないだろう。

歯型などからの身許の割り出しと同時に、十津川は、本からも被害者に近づくことを考えた。

問題の本は、イギリスの出版社のもので、日本では、Rインタナショナルが輸入している。十津川は、西本を、神田《かんだ》にあるRインタナショナルに行かせて、この本を、誰が買って行ったかを、調べさせた。

その結果、十年前から、このRインタナショナルを通して、イギリスの出版社から、主に、シェイクスピア関係の本を購入している人間の名前が、明らかになった。

木下匡《ただす》。現在七十歳。北野《きたの》化粧品の特別顧問。

住所は、国立市内のマンションになっていた。

十津川は、亀井と、そのマンションを訪ねることにした。

途中のパトカーの中で、亀井は、

「警部の家の近くじゃありませんか」

と、地図を見ながら、いった。

「そうなんだ。ひょっとすると、家内が知っている人物かもしれないんだよ」

「奥さんがですか?」

「ああ、犬を通じてね」

と、十津川は、いった。

問題のマンションは、四階建の高価なものだった。一世帯が一五〇平方メートル以上あり、セキュリティシステムが完備していて、プールや、フィットネス設備もついている。

十津川が、パトカーを降りて、亀井と、マンションに入って行った。

一階に、広いロビーが設けられている。管理人に会って、木下匡について聞こうと思ったのだが、十津川は、そこに妻の直子がいるのに、気がついた。

直子のほうは、びっくりした顔で、

「どうして、ここへ？」

と、きいた。

十津川のほうは、何となく、予期していたことなので、

「やっぱり、君のいっていた木下という人は、木下匡さんだったのか」

「そうだけど、どうしたの」

「彼は、殺されたよ。だから、私とカメさんが、彼のことを調べに来たんだ」

「私のほうは、やっと、ジュリエットの飼い主が、ここに住んでいる木下さんだとわかって、来てみたんだけど、何日も前から留守なんですって。それで、ジュリエットを、どうしたらいいかと、考えていたところなの。殺されたって、本当なの？」

「まず、間違いないね」

と、十津川は、いった。

管理人が出て来て、四階の木下匡の部屋に案内するという。

十津川は、直子をロビーに残して、亀井と、エレベーターに乗った。

「木下さんは、ここに、ひとりで住んでいたんですか?」

と、エレベーターの中で、十津川は、きいた。

「そうです」

と、管理人がうなずいた時、四階に着いた。

広い廊下を歩きながら、管理人は、続けた。

「二人のお子さんは、結婚して独立し、奥さんも亡《な》くしたので、広い家を売って、このマンションに移って来られたんです」

と、説明し、部屋のドアを開けた。

広い部屋である。

そして、外国製の豪華な調度品。どの部屋も、きちんと掃除されている。

「殺したのは、ここじゃないな」

と、十津川は、亀井にいった。

「優雅に、暮らしておられましたよ。お金もあったし、教養もあって、よく、英語の原書を読んでおられました」

と、管理人が、いう。

「犬を飼っていたんでしょう?」

「ええ。それが、不思議なんですよ」

「何が?」

「普通、ああいう方は、血統のいい子犬で、何十万円もする犬を飼うと思うんですが、木下さんは、雑種を飼っていたんです。そういう犬のほうが、可愛いといわれて」

「名前は、ジュリエット?」

「ええ。刑事さんは、どうしてご存じなんですか?」

「ちょっと、わけがありましてね。このマンションでは、犬を飼っていいんですか?」

「各部屋に、広いベランダがついているので、犬猫とも、一匹だけは飼っていいことになっているんです」

と、管理人は、いう。

なるほど、この部屋にも、広いベランダがあり、そこに、犬小屋が置かれている。

そこで、ジュリエットを飼い、時々、散歩に連れて行っていたのだろう。

本棚には、洋書がずらりと並んでいる。シェイクスピア関係が多いのは、イギリスの出版社から、継続的に購入していたから当然かもしれない。

その他、香水関係の本が多かった。これも、化粧品会社の顧問なら、必要な本か。

パステル画が二点、壁にかかっていた。一つは、ジュリエットを描いたもので、もう一枚は、十七、八歳の少女を描いたものである。どちらも、なかなかの腕前で、木下の趣味の広さが偲《しの》ばれた。

「これが、アサミという女性かな？」

と、十津川は、少女の像を見て呟いた。

「本に書いてあった女性ですか？」

「ああ。何となく、彼女のことが、気になってね」

と、十津川は、いった。

管理人にきくと、木下の息子と娘は、結婚して子供もいるという。そんな娘のことではないだろう。

「十日ほど前から、姿が見えなかったんですね？」

十津川が、管理人に、確認すると、

「そうです」

「それなら、心配して、息子さんたちや、会社の方が、来られたんじゃないですか？」

「ええ、来られました。特に、北野化粧品からは、部長さんなど三人ほど、何日も、来られました」

「何日も？」

「ええ。三回は来られましたよ」

「来て、何をしていったんですか？」

と、亀井が、きいた。

「わかりませんが、部屋に入られて、一時間あまりも、いらっしゃいました。ええ。三回ともです」

「それなのに、木下さんの捜索願は、会社からも、息子さんたちからも、出ていないんだが、理由を知っていますか？」

と、十津川は、きいた。

「よくは知りませんが、娘さんが、会社に止められているようなことを、口にしていたことがありました」

と、管理人は、いった。

た。

（妙だな）

と、思いながら、十津川と、亀井は、鑑識を呼んで、部屋を調べてもらうことにした。

一階のロビーに戻る途中で、亀井が、

「会社の連中は、三回も来て、何をしたんですかね？」

「家探《やさが》しさ」

と、十津川は、いった。

「家探しですか？」

「本棚の本が、何冊か、逆《さか》さになっていた。木下という人は、きちんとした人のようだから、誰かが、やったのさ」

「本棚の奥まで、調べたということですか？　何を探したんですかね？」

「それは、北野化粧品へ行って、きいてみようじゃないか。正直にいってくれるかどうか、わからないがね」

と、十津川は、いった。

ロビーでは、妻の直子が待っていた。

「妙な事件になりそうだよ」

「私にできることがあったら、おっしゃって」

と、直子がいう。

十津川は、管理人にことわって、部屋から持ち出したパステル画の少女の像を、直子に渡した。

「この子のことを調べてほしいんだ。木下さんと、どんな関係なのかね」

「可愛い子ね」

「名前は、たぶん、アサミだと思う」

と、十津川は、いった。

それだけ頼んで、十津川は、亀井と、銀座《ぎんざ》にある北野化粧品本社に向かった。

北野化粧品は、大手に入るメーカーである。

十津川は、そこで、中田《なかた》という管理部長に会った。マンションの管理人が、その部長が、少なくとも二回は顔を見せていたと、いっていたからである。

「今日は、木下さんのことを、お聞きしたくて来ました」

と、十津川がいうと、中田は、

「あの方を失ったことは、わが社にとって、大変な損失です。木下さんの長年の経験は、貴重なものでしたから」

と、いった。

「顧問というのは、どういうことをするんですか？」

「会社の新しい企画に対して、適切なサジェスチョンを頂《いただ》きます。木下さんは、欧米での生活の長かった方ですから、特に、新しい化粧品の開発に際しては、参考になる助言を頂いて来ました。私どもの会社は、輸出にも力を入れておりますので」

と、中田は、いう。

「木下さんが、行方不明になったあと、警察に捜索願を出していませんね。娘さんに、出すなとおっしゃられたと聞いたんですが、それは、本当ですか？」

と、十津川は、きいた。

（そんなことは、いっていない）

と、シラを切るのではないかと思ったが、中田は、あっさりと、

「本当です」

「なぜ、そんなことを？」

「実は、木下さんが、誘拐《ゆうかい》されたのではないかと思ったのです。人格円満で、人から恨《うら》まれる人でもないし、会社に黙って、どこかへ行ってしまう方でもありません。それで、誘拐と考え、犯人からの連絡があるまでは、内密にしておいたほうがいいんじ

ゃないかと、娘さんには申し上げました。娘さんも、賛成してくださいました」

「誘拐というと、何が目的でしょうか？」

「金でしょう。木下さん、かなりの資産をお持ちだと思いますし、娘さんは、千葉《ちば》の資産家と結婚されていますから」

「誘拐と思ったが、十日も、何の連絡もなかった——？」

「ええ。それで、これは警察に届けたほうがいいと思ったとき、あの悲しい知らせがあったわけです」

と、中田は、いう。

「あなたは、木下さんが行方不明になったとき、二回にわたってあのマンションを訪ねていますが、何か探していたわけですか？」

「何か、手掛かりになるものはないかと、探しましたが、残念ながら見つかりませんでした」

と、中田は、いう。

「木下さんは、あんな残酷な殺され方をしたわけですが、犯人に心当たりはありませんか？」

と、十津川は、きいた。

「いろいろ考えたのですが、まったくありません。今もいいましたように、木下さんは、人に恨まれるような方ではありませんから」

「アサミという女性は、ご存じですか？」

十津川がきくと、中田は、びっくりしたように、

「それは、どういう女性ですか？」

と、逆に聞き返してきた。

「木下さんが親しくしていたと思われる女性です。たぶん、二十歳《はたち》前と思いますが」

「そんな女性がいたんですか」

急に、中田は考え込む顔になり、落ち着かなくなった。

十津川が、なおも質問しようとすると、中田は、腕時計に眼をやり、

「急用があるのを、思い出しました。あとの質問は、次にしてください。出かけますので」

と、いった。

二人は、覆面《ふくめん》パトカーに戻ったが、亀井が、

「何か、あの部長は、あやしいですね」

と、いうと、

「そうだな。少し待ってみよう」

と、十津川は、いった。
五、六分して、中田が出て来て、タクシーを止めた。何処かへ出かけるらしい。
十津川たちは、尾行することにした。

中田が向かったのは、神田の雑居ビルである。

その一階にある「江見《えみ》探偵社」に、入って行った。

十津川たちは、車の中で様子を見ることにした。

「何を頼みに来たんでしょうか？」

と、亀井が、きく。

「恐らく、アサミのことだと思うね。私が、アサミと木下さんの関係を尋ねたとたんに、中田は、そわそわしだして、ここへやって来た。だから、アサミという女を探してくれと、探偵社に頼みに来たんだと思うよ」

と、十津川は、いった。

「それと、アサミが、木下さんの殺しに関係があると思ってでしょうね」

「だと思う。木下さんに、女がいることは知っていたが、その女の名前は知らなかったか、女の存在に気づかなかったかだが」

「どうします？　ここの探偵に、中田が何を頼みに来たか、聞き出しましょうか」

「それはいい。アサミのことに違いないからね。探偵より先に、われわれが見つけ出せば、いいんだから」

4

アサミについて、今、わかっているのは、木下が、「オフェリアに似ている」と、思っていたことと、パステル画の少女が、アサミらしいということだけである。

木下が、彼女と、どんなつき合いをしていたかもわからないし、果たして、今度の事件に関係があるのかどうかも、わかってはいない。

十津川は、帰宅すると、直子に、

「アサミのことで、何かわかったか？」

と、きいた。

直子は、首をすくめるようにして、

「そんなに早くわかるはずはないわ。この人が、事件に関係があるの？」

と、聞き返した。

「それはわからないが、今、知りたいのは、彼女のことと、木下さんが、何処で殺されたかなんだ。マンションで殺されたとは、思えないからね」

「それは、わかると思うわ」

「殺された場所かね？」

「ええ」

「どうして、知ってるんだ？」

「私が知ってるんじゃなくて、知ってるのは、ジュリエットよ」

「あの犬が？」

「ええ。ジュリエットと、うちののりスケが、捕獲されたのはK公園じゃなくて、そこから二百メートル離れた工場のある場所なの。倒産して、廃墟みたいになった工場」

「見たことがある」

「ジュリエットが、そこにいたのは、主人の木下さんの匂《にお》いがしたからじゃないかと思うのよ。うちののりスケは、彼女がいたから、その傍にいただけだと思うわ」

「ジュリエットは、木下さんがいなくなったあと、必死になって探しまわって、匂いから、その工場に辿《たど》り着いたというわけか」

「そう思うわ」

「よし。行ってみよう」

「これから?」

「まだ明るいよ。ジュリエットは、まだ、うちにいるのか?」

「のりスケと一緒の犬小屋に入ってるわ」

「ジュリエットも、一緒に連れて行こう」

「のりスケも、一緒に来るわよ」

「そんなに、のりスケは、惚《ほ》れてるのか?」

「ジュリエットが、先に捕まって、連れ去られたあとも、彼女の匂いが残ってるんで、のりスケはあの工場に残っていて、うちに帰って来なかったんだから」

と、直子は、いった。

十津川と直子は、念のために、懐中電灯を持ち、二匹の犬を連れて家を出た。

二百メートルあまり離れた工場に着く。中の機械類は、全部持ち去られているうえ、ガラス窓も、その多くは割れていて、廃墟のように見える。

二匹の犬は、十津川たちの手を離れて、工場の中に、飛び込んで行った。

ジュリエットは、自分の主人の匂いをめがけてだろうし、のりスケは、彼女の後を追ってということだろう。

十津川と直子も、工場の中に入って行った。

機械が持ち去られたあとの、機械の土台のコンクリートが、むき出しに並んでいる。その一部が欠けて、コンクリートのかたまりになって、転がっていたりする。旋盤《せんばん》を使って、加工していたらしい円形や、八角形の鉄のかたまりも、無造作に捨てられている。

（これが、重しとしてドラム缶に入れられていたのか？）

と、十津川は、思った。これなら、いくらでも落ちているのだ。

二匹の犬が走って行ったのは、工場の奥で、そこに、ドラム缶が五つ並べてあって、ちょっとした死角になっていた。

ドラム缶の中には、鉄クズが入っていたりするから、そのために、もともと置いてあったものだろう。

十津川は、携帯電話で、亀井と鑑識に、ここへ来るようにと伝えた。

そのあと、直子と二人、屈《かが》み込んで、汚れた床を調べてまわった。

足跡《あしあと》が、いくつか、見つかった。二人は、それを踏まないようにした。鑑識が来たら、型をとって、調べてもらわなければならないからである。

直子が、使い捨てライターを拾い上げた。

宣伝用に配られたものらしく、「歌麿《うたまろ》」の文字と、電話番号が、印刷されていた。

「クラブかラブホテルか、ソープランドといったところかな」

と、十津川はいい、念のために、電話をかけてみた。

「歌麿です」

と、男の声が、いった。

「おたくへ行きたいんだが、どう行ったら早く着けるのかな?」

と、十津川が、きくと、

「地下鉄で、浅草《あさくさ》で降りて、そこから、車で来てください。吉原《よしわら》の奥ですから。午前零《れい》時までやっています」

「ありがとう」

と、いって、十津川は、電話を切った。どうやら、吉原のソープランドらしい。

パトカーのサイレンの音がして、まず、亀井と西本が駆けつけ、次に、鑑識が到着した。

「この辺《あた》りを、念入りに調べてほしい。たぶん、ここで、木下匡は殺されたんだと思うからね」

と、十津川は、問題の一角を指さした。

投光器が持ち込まれ、調査が始まった。

鑑識は、写真を何枚も撮り、床を這《は》いまわるようにして、被害者や、犯人の遺留品を探した。

「何人かで争った形跡がありますね」

と、鑑識の一人が、十津川にいった。

「たぶん、寄ってたかって、七十歳の老人を痛めつけて、殺したんだと思うよ」

と、十津川は、いった。

「ここへ、被害者は、呼び出されたんでしょうか？」

亀井が、改めて、周囲を見まわした。がらんとした廃墟のような工場。

「どんな用があったにしても、よく、こんな所へ、被害者は出て来ましたね」

と、西本が、不思議そうにいう。

「余程の理由が、あったのさ」

と、十津川は、いった。

「しかし、木下匡は、悠々自適《ゆうゆうじてき》の、ひとり暮らしをしていたわけでしょう。妻子があれば、家族のことで脅《おど》かされて、仕方なく出かけていくこともあるでしょうが、木下の場合は、それが、当てはまらないんじゃありませんか？」

亀井が、首をかしげた。

「アサミだよ」

と、十津川がいう。

「あの絵の少女ですか？」

「そうだ。少女と、木下が、どんな関係だったかは、わからない。足長おじさんだったのか、老いらくの恋だったのか。いずれにしても、木下にとって、大切な宝のような存在だったんじゃないかね。そうだとしたら、少女を誘拐しておいて、木下を、呼び出すことも、可能だったと思うよ」

「すると、これは、誘拐、身代金の要求という事件だと、お考えですか？」

と、亀井が、きいた。

「明日になったら、木下が、大金を下ろしていたか調べてみよう。もし、下ろしていれば、カメさんのいう通りだ。少女を誘拐され、木下が身代金を持って、ここへやって来たことになる」

「犯人は、身代金を奪ったうえ、木下を殺し、ドラム缶に詰めて、海に沈めたわけですか」

「その可能性もある」

と、十津川は、いった。

鑑識が、拾い集めたものを、十津川に、見せた。

「どれが、事件に関係があるかわかりませんが」

と、いう。


小さな貝殻《かいがら》製の丸いボタン一つ。

パチンコ玉一つ。

パンサーの形のイヤリング（金製《ゴールド》）が、片方。

見つかったのは、この三点である。

ボタンと、パチンコ玉は、人物を特定できそうもないが、イヤリングは、可能性があった。

「これは、カルティエのイヤリングで、高価なものよ」

と、直子は、掌《て》で転がしながら、いった。

「かなり重いものですね」

と、亀井が、いう。

「それで、片方だけ、落ちてしまったんだろう。とにかく、この場に、女性がいたことだけは、間違いないと思うね」

と、十津川が、いった。

翌日、十津川は、亀井と、そのイヤリングを持って、都内の有名宝石店をまわった。

カルティエのコーナーがある銀座の店で、値段をきいてみる。

「ペアで、百五十万です」

店のオーナーが、いった。

「そんなに高いんですか？」

「カルティエは、デザインの値段が高いですからね」

「これは、ここで、売ったものですか？」

十津川がきくと、オーナーは、

「うちの店では、置いていませんが、姉妹店には置いてあります。そちらで、購入されたんじゃありませんか」

と、いった。

同じ銀座にある店で、こちらは、妹がオーナーになっていた。彼女は、にこやかに笑って、

「確かに、うちでお売りしたものですわ」

と、十津川に、いった。

「購入したのは、木下匡という男性ですか？」

ときくと、女性オーナーは、またニッコリして、

「ええ。木下さんですわ。ずっと、ごひいきにして頂いております」

「このイヤリングを買うとき、女性が一緒じゃありませんでしたか？」

と、十津川は、きいた。

「ええ。いつも、ご一緒に、いらっしゃいますよ」

「いつも？」

「ええ。最初は、二年前でしたかしら」

「この女性ですか？」

十津川は、写真に撮ってある、少女の絵を見せた。

「ええ。でも、これは、ずっと前の麻美《あさみ》さんですよ」

「やはり、アサミさん？」

「ええ。木下さんは、そう呼んでいらっしゃいました。今は、もう、ずっと大人っぽく、美しくおなりですよ」

「しかし、わずか二年前に、初めて木下さんが連れて来たんでしょう？」

と、十津川がいうと、女性オーナーは笑って、

「女性って、どんどん大人になっていくもんですよ」

「木下さんと、彼女との関係は、どんなものでしたか？」

「そうですねえ。最初は、まるで、父親みたいな感じでしたよ。麻美さんも、麻美ちゃんという感じで、お父さんみたいに思っていたんじゃないかしら。それが、どんどん、美しく、大人になっていって、最近は、木下さんも、ちょっと眩《まぶ》しそうに見てますねえ。それだけに、美しい宝石で、麻美さんを飾ってあげるのが楽しいんじゃありませんか」

と、いってから、彼女は初めて気づいたように、

「木下さんが、どうかなさったんですか？」

と、きいた。

「死にました。殺されたんです。それで、こうして、調べているんですが、麻美さんのことを詳しく話してください。一緒には、住んでいなかったみたいなんですが、住

所を知りませんか？」

「どこかへ、マンションを買ってあげてたみたいですよ」

「場所はわかりませんか？」

と、きくと、

「調べてみますわ。確か、お誕生日に、木下さんに頼まれて、うちの者が届けたことがございましたから」

と、女性オーナーはいい、顧客簿を調べてから、

「六本木《ろっぽんぎ》のマンションですわ」

と、住所を示してくれた。

5

十津川と亀井は、その足で六本木にまわった。

赤坂《あかさか》に近いあたりの七階建の新築マンションだった。

一階の郵便箱で、５０２号に、「久保田《くぼた》」という名前を確かめる。宝石店の女性オーナーが、久保田麻美というフルネームを、教えてくれたのである。

502号室に上がって、ドアをノックしてみたが、返事がない。管理人に、警察手帳を見せて、開けてもらった。

2DKの部屋が、新しい調度品で、眩しかった。というより、部屋全体が、若い女のものらしく改造されていた。木下は、この部屋を買い与え、彼女の好きなように改造させたのだろう。

「改造に、二カ月あまりかかっていましたよ。木下さんが、久保田さんの好きなように、やらせていましたから」

と、管理人は、いった。

彼女が寒いのが嫌というので、床を全部剝《は》がして、床暖房にしたり、バスルームの浴槽《よくそう》の色が、気に入らないといい、わざわざ、イタリアからピンクの大理石を輸入して、取りつけたりしたという。

「この部屋を買うより、改造のほうが、お金がかかったんじゃありませんかねえ。それでも、木下さんは楽しそうでしたね。あんな紳士でも、若い女に溺《おぼ》れると、ああなるんですかねえ。まあ、羨《うらや》ましい気もしましたが」

と、管理人は、いった。

自宅近くの公園に、犬を遊ばせに来る物静かな老人が、一方で、若い女に溺れ切っていたことになる。

十津川と亀井は、部屋の中を丹念に調べていった。

若い女の写真が、パネルになって、飾ってある。白と黒の特徴のあるドレス。たぶん、シャネルだろう。ソファに腰を下ろしたポーズで、すらりと伸びた脚《あし》が、美しい。

しかし、何よりも特徴的なのは、その眼だった。下から、窺《うかが》うように光る眼には、大人っぽい色気が感じられる。

あの絵の少女とは、別人のようなのだが、よく見れば、同じ女なのだ。

「彼女ですね？」

と、管理人にいうと、

「なんでも、偉い写真家の先生に、撮ってもらったらしいですよ」

という答が、返ってきた。

「久保田麻美さんが、今、何処にいるか、わかりませんか？」

と、亀井が、きいた。

「わかりません。もう、十日ぐらい姿を見ていないので、心配しているんですがねえ」

と、管理人は、いった。

部屋からは、分厚いアルバムが、見つかった。写真に撮られるのが、好きだったらしい。

木下と一緒のものもあったが、他の男と写っている写真が、圧倒的に多い。

十津川も知っている、タレントの新井和宏《あらいかずひろ》との写真も、あった。

ショットバーで、撮ったものだった。他の男とも、同じバックで、撮っている。管理人にきくと、この近くの「スイートハート」という店だろうと、いう。

夜になってから行ってみることにして、いったん捜査本部に戻ると、木下の取引銀行に出かけていた日下《くさか》と三田村《みたむら》の二人の刑事が、先に帰っていた。

「木下が、最近、多額の金を引き出した形跡は、ありませんね。せいぜい、百万単位です」

と、十津川に、報告した。

「それは、麻美へのプレゼントを買ったんだろう」

と、十津川は、いった。

十津川は、困惑した。誘拐の線はないらしいと、なったからである。

木下は、あの工場跡に呼び出されて、殺されたことは、間違いない。そこに、久保田麻美がいたことも、確かなのだ。

　これから引き出される結論は、彼女が、誘拐され、木下が、身代金を持って、あの廃工場に、取り返しに行ったが、金を奪われたうえ、殺されたということである。

　しかし、身代金が、払われた形跡がない。とすると、どうなってくるのか。

　麻美をめぐって、他の男とケンカになって、木下は、あの廃工場に呼び出され、殺されてしまったのだろうか？

　しかし、どうも、これは、考えにくい。木下は、七十歳なのだ。しかも、知恵も分《ふん》別《べつ》もある大人なのだ。麻美をめぐって、争うとしても、もっと、穏《おだ》やかな解決策をとるのではないか？

「北野化粧品の様子も、おかしいんじゃありませんか」

　と、亀井が、いった。

「そうだな。顧問の木下が行方不明になっているというのに、ろくに探しもせず、彼の家に来ては、何か探していたんだ。確かに、おかしい」

「何を探していたんでしょうか？」

「本棚の本を、一冊ずつ抜き出して、調べているんだ。つまり、本のページの間に隠せるようなものだということだろう」

と、十津川は、いった。

「手紙みたいな薄いものですかね？」

「写真かもしれないし、最近では、フロッピー（磁気記録ディスク）ということも考えられるよ」

と、十津川は、いった。

「それを、顧問の木下さんのことより心配して、探していたとなると、個人的な品物じゃありませんね。何しろ、会社第一みたいな部長連中ですから」

と、亀井は、いった。

十津川は、眼を光らせて、

「カメさんの勘《かん》は、当たっているかもしれないぞ」

「そうですか」

「木下は、長年、北野化粧品の成長に貢献してきて、今は、顧問だ。とすると、会社の秘密にもタッチできる立場にいるわけだろ」

「そう思います」

「犯人が、狙《ねら》ったのは、それかもしれん」

と、十津川は、いった。

「身代金の代わりに、会社の秘密ですか?」

「金になる秘密があればだが――」

と、十津川は、呟いた。

そのあと、化粧品のことに詳しい人間に、話を聞くことを考えた。

十津川が選んだのは、最近『化粧品メーカーの秘密』という本を書いた、三宅正史《みやけまさし》というノンフィクション作家だった。

十津川のほうからアポをとり、翌日、彼のマンションに、訪ねて行った。

ひとり住まいの三宅は、十津川を近くの喫茶店に案内してから、

「北野化粧品の木下顧問が殺された件で、いらっしゃったんでしょう?」

と、きいた。勘のいい男なのだ。

「その通りです。あなたの知恵をお借りしたい」

と、十津川は、いった。

「どんなことですか?」

「化粧品会社が、必死で守りたい秘密というのは、何ですかね?」

「一番大事な秘密ということなら、新しく開発した化粧品の成分じゃないですか。その中には香水の成分も含まれます。何年も研究して開発したのを、ライバル会社に知

られて、先に造られてしまったら、莫大《ばくだい》な損害ですからね」

と、三宅は、いった。

「そういう秘密は、どんな形で、保管されているんですか？」

「昔は、文書や、フィルムにして保管していたでしょうが、今は、たいていフロッピーに記憶させて、金庫に保管してありますよ」

「そのフロッピーですが、もし、誰かが盗んで、ライバル会社に売るとしたら、いくらぐらいで売れるものですかね？　百万？　千万ぐらいですか？」

十津川が、きくと、三宅は、ニヤッと笑って、

「十津川さん。桁《けた》が違いますよ。盗まれた会社にしてみれば、何十億、いや、何百億円の損失だということは、確かです」

と、いった。

「何百億円――？」

「ええ。だから、研究所の金庫から、工場に、フロッピーを持って行くだけでも、ガードマンをつけるくらいです」

と、三宅は、いった。

6

どうやら、これで、木下が殺された理由がわかってきたと思った。

犯人は、北野化粧品の新しい化粧品（香水）の企業秘密に、狙いをつけたのだ。

そして、木下が溺愛《できあい》している麻美を誘拐し、身代金でなくて、化粧品（香水）の企業秘密を要求した。

北野化粧品の顧問をやっている木下は、研究室のフロッピーを手に入れるチャンスがあると、犯人は、思ったに違いない。

木下は、麻美を助けるために、会社の研究室から、フロッピーを盗み出し、それを、あの廃工場に持参した。

そこで、麻美を助け出して戻れるはずだったが、犯人は、木下を殺し、ドラム缶に入れて、晴海埠頭から海に沈めてしまった。たぶん、木下の口から、自分たちのことが洩《も》れるのを恐れたのだろう。

冷静に考えれば、木下が迂闊《うかつ》だったと、十津川は、思う。犯人の顔を見てしまえば、自分も殺されるかもしれないとは、考えなかったのだろうか。

溺愛する麻美を助けることばかり考えて、自分の命が危《あや》ういことにまで、気がいかなかったということか。

まあ、それだけ、麻美を愛していたというか、惚れていたということなのだろう。肝心《かんじん》の麻美は、どうしたのか？　同じように、殺されてしまったのか？　それとも、彼女は、生きているのか？

それに、犯人は、誰なのか？

「この犯罪を証明するのは、難しいかもしれないな」

と、十津川は、亀井に、いった。

「なぜですか？　現に、木下は、ドラム缶に詰められて殺されています。殺人事件は、あったんです」

「だがね、北野化粧品が、フロッピーを盗まれたことを認めるとは、思えないんだ。会社の最高機密だから、盗まれましたなどとは、絶対にいわないんじゃないかな。もちろん、木下が死んだのは事実だが、個人的な原因だというに決まってる」

と、十津川は、いった。

「確かめてみようじゃありませんか」

と、亀井は、いった。

二人は、北野化粧品に出かけ、中田管理部長に、会った。

十津川は、前に一度、この部長に、会っている。

「木下さんが殺された理由がわかれば、教えて頂きたいのですが」

と、十津川がいうと、中田は、案の定、

「それが、まったく、見当がつかなくて、困っているのです。たぶん、個人的なことだと思っていますが」

と、いった。

「本当に、見当がつきませんか？」

「ええ。木下さんのプライベートなことについては、ほとんど、知りませんので」

「木下さんが、つき合っていた久保田麻美という女性のことも、ご存じありませんか？」

「ぜんぜん。木下さんは、独身を楽しんでいるとばかり思っていました。そんな女性がいたなんて、初耳です」

と、中田は、いう。十津川は、次第にいらいらしてきて、

「ねえ。部長さん。あなただって、木下さんを殺した犯人を捕まえたいと、思うでしょう？　思いませんか？」

「もちろん、一刻も早く見つけて、捕まえたいですよ。木下さんは、私の尊敬する先輩ですから」

「それなら、ざっくばらんに、全て、話してほしいのですよ」

と、十津川は、いった。

「私の知っていることは、全部、お話ししているつもりですが」

「北野化粧品では、十月に、若い女性向けの新製品を発表、発売することになっていましたね。それと、中年女性向けの香水を」

「ええ。それが、どうかしましたか——？」

「その秘密が、盗まれたんじゃありませんか？　木下さんを殺した犯人が、盗んだんだと、われわれはみているんですよ。木下さんのように、会社の功労者で、今でも、新製品の開発に助言を与えている人間なら、新製品の成分を書いたメモ、今は、フロッピーになっているんだと思いますが、それに近づくことができる。犯人の狙いは、それだったんじゃないかと、われわれは、思っているんです。そうなんでしょう？」

と、十津川は、自然に、訊問《じんもん》口調になっていた。

中田は、一瞬顔色を変えたが、すぐ、わざとらしい笑顔になって、

「それは、刑事さんの思いすごしですよ。木下さんは、会社一途《いちず》の方です。会社が、

困るようなことを、するはずがないじゃありませんか」

「確かに、木下さんは誠実で、会社一途の人だったんだと思いますよ。しかし、七十歳になって、会社以外にも、大事なものが出来たんです。久保田麻美という女性です。木下さんは、彼女に対して、父親の気持ちだったのか、恋人の気持ちだったのかわからないが、とにかく、大事な存在だった。シェイクスピアが好きだった木下さんは、彼女を、オフェリアのようだと、書いています。犯人は、そんな彼女を誘拐して、木下さんに、身代金の代わりに、新しい化粧品の成分か、香水の成分をメモしてあるフロッピーを、要求した。木下さんは、それを会社の研究室から盗み出して、犯人に渡したが、殺されてしまった。会社は、盗まれたのを知って、大さわぎになった。こうなると、木下さんのことより、そのほうが、大事だ。だから、あなたたちは、木下さんのことを心配するより、彼のマンションに行き、毎日、家探しをした。盗まれたフロッピーを探したんだ。そうなんでしょう？　今だって、必死になって、探しているに違いない。木下さんを悼《いた》む気持ちなんか、まったくないんだ」

と、中田は、いう。

「そんなことはありません。心外です」

亀井が、我慢できない顔で、

「部長さん。ライバル会社が、そのフロッピーを手に入れて、まったく同じものを売り出してしまったら、どうするんです？　何億円もかかった研究、開発費が、パアになってしまうでしょうが。いや、何十億、何百億もかかった費用がね。だから、われわれに協力して、犯人逮捕に力を貸してくださいよ。あなたの一存で、決断できないのなら、社長にでも、今、相談して返事をしてください」

「いいえ。そんな不祥事は、起きていませんので――」

と、中田は、頑固《がんこ》に、いう。

亀井の顔が、赤くなった。

「ウソをいいなさんな。どうして警察に協力できないんです？　会社の面子《メンツ》を考えてる時じゃないでしょう？　われわれも、秘密は、守りましょう」

「しかし、何も起きていないのに、話せといわれても、困ります」

「部長さん！」

「カメさん」

と、十津川が、亀井を制した。

「しかし、警部」

と、亀井が、いう。

「カメさん。帰ろう」

と、十津川は、腰を上げた。

7

覆面パトカーに戻っても、亀井は、まだ、怒りが収まらないという顔で、

「どうしようもなくなると、警察を頼るくせに、どうして、協力しようとしないんですかね」

「犯人から、連絡が、あったんだよ」

と、十津川は、いった。

「北野化粧品にですか？」

「そうだ。一番高く買ってくれる相手としてね。北野化粧品は、秘密裏《り》に、買い戻して、何事もなかったように、新しい化粧品、新しい香水を製造、販売するつもりなんだ。警察が介入しては、困るんだよ」

「なるほど」

「たぶん、今、犯人と、交渉中なのさ」

「どうします?」

「会社側の協力は、得られないと、覚悟して、二つの方向から、捜査を進めたい。一つは、犯人側だ。私は、犯人は、久保田麻美と関係のあった男たちの中にいると、思っているんだ」

「彼女のアルバムに写っている誰かですね?」

「たぶんね。もう一つは、今、犯人と接触しているのが、会社の誰なのかを知りたい」

「普通、こういうケースでは、管理部長でしょうが、あの部長は、われわれが、眼をつけていますから、別の人間にするかもしれません」

「その男を調べ出して、犯人と取引きする現場を押さえたいんだ」

と、十津川は、いった。

刑事たちは、二手《ふたて》に分かれて、捜査を、再開した。

一週間ほどして、久保田麻美と関係があった男は、数人いたらしいことが判明した。十津川は、その中から、タレントの新井和宏に、絞《しぼ》った。

彼女の持っていたアルバムに、一番多く写っていたこともあるが、新井の性格が、わかってきたこともある。

わがままだが、妙に外面《そとづら》を気にするのだ。

傲慢《ごうまん》だから、周囲から敬遠される。それなのに、ボスみたいに振る舞いたいし、尊敬されたい。だから、金もないのに、おごったりするという。

それで、いつも、金に困っている。ぜいたくも好きだから、何か、大金が手に入らないかと、考えているのだとわかってきた。

もう一つ。一カ月前に、化粧品メーカーを舞台にしたドラマが制作され、彼が、そのドラマに出演していたことだった。もちろんフィクションだが、新製品の研究、開発に、莫大な金が必要なことは、はっきりと、脚本に書き込まれていた。

北野化粧品を調べていた亀井からも、報告が入った。

「担当の男がわかりました。秘書課長の大矢《おおや》という男です。元大阪《おおさか》府警の刑事で、北野化粧品には、三年前に途中入社、会社のダーティな面を担当してきています」

「この男に、監視をつけてくれ」

と、十津川がいうと、亀井は、

「もう、つけてあります」

と、いった。

もう一つ、十津川の気になっているのは、久保田麻美のことだった。

彼女は、生きているのか、死んでいるのか。

いまだに、六本木のマンションに、帰っていない。といって、死体も、見つかっていない。

普通なら、木下と一緒に、殺されたとみていいだろう。犯人にとって、木下と同じように、危険な存在のはずだからである。

ただ、犯人が、新井和宏の場合は、麻美の恋人である。殺せなかったということも、考えられるのだ。

十津川は、そうであってほしいと願っていた。

十津川は、若い刑事六人を、東京にある六つのテレビ局に、了解をとって、もぐり込ませた。新井が、各局で、テレビに出演中に、何をしているか、その行動を知りたかったからである。

Nテレビで、彼は、午後三時から毎日、連続ドラマの録画撮りをやっているのだが、もぐり込ませた刑事が、

「出演の合間に、スタジオを出て行き、人のいない所で、携帯電話をかけています」

と、報告してきた。

「いつもは、違うのか？」

「いつもの彼は、スタジオの中だろうが、人前だろうが、平気で、携帯をかけるそうです」

と、いう。

彼が、犯人で、北野化粧品と、連絡しているのだろうか。

要求する金額は、たぶん、億単位だろう。

何しろ、何百億もの価値のあるフロッピーの可能性があるのだ。新井は、ドラマで、その価値を知っている。

彼が、犯人とすると、その金を、どんな方法で、手に入れようとするだろうか？

「架空名義の口座を作って、そこに振り込ませるつもりかもしれませんね」

と、亀井が、いう。

「しかし、それだと、三重の危険が、犯人側にあるよ」

「三重の危険ですか？」

「口座を作るときに、銀行で、顔を見られてしまう。現金を下ろしに行くときに、また、顔を見られる。それに、口座番号や名義を知られてしまう」

「なるほど」

「それを考えると、やはり、現金かな？」

「でも、一億円でも、十三キロの重さがあります。カサもあります。十億円と欲張ったら、重さ百三十キロです」

「五億円でも、六十五キロで、ジュラルミンケースが、五つ必要だ。となると、ひとりでは無理だから、共犯者がいるな」

「彼に、それらしい仲間がいるかどうか、調べましょう」

と、亀井は、いった。

五月の半《なか》ば過ぎになって、北野化粧品のほうでも、動きがあった。

この会社の取引銀行は、M銀行である。ここから、十億円の現金が、北野化粧品の本社に、運び込まれたのである。

商取引きなら、現金でなく、振り込みが利用されるだろう。

とすれば、犯罪が絡《から》んだ金と、見ていいだろう。

捜査本部は、緊張した。

犯人と、北野化粧品との取引きが、近いと思ったからである。

新井のことを調べていた刑事が、彼の仲間について、情報をつかんできた。

彼が、タレントになる前、しばらく、新宿界隈《しんじゆくかいわい》で、よたっていたことがある。恐《きよう》喝《かつ》で、警察の厄介になったこともあった。

その頃、親しかった同年輩の仲間が、二人いた。タレントになった今も、この二人とは、つき合っていた。

一人は、新宿で、バーテンをやっている木崎博《きざきひろし》。もう一人は、傷害で刑務所に入っていたが、今年の三月に出所し、新井の世話で、S劇場で雑用をやっている、小川《おがわ》徹《とおる》である。

新井に協力して動くとすれば、この二人だろうと思われた。

刑事たちが、この二人に会いに行ったが、二人とも突然、行方をくらませてしまっていた。

明らかに、大きな仕事を前にして、姿をかくしたのだ。十津川は、そう考えた。

北野化粧品との取引きは、たぶん、この二人が、新井の手足となって動くだろう。

木崎と小川の二人の顔写真が手に入れられ、コピーされて、刑事たちに配られた。

問題は、十億円の現金だった。札束だけでも、百三十キロの重さがある。一億円入りのケースが、十個必要なのだ。

「車を使うより仕方がありませんね」

と、亀井が、いう。

「そうだ。この取引きには、必ず車が使われる」

と、十津川も、確信した。

新井が、丸三日、休みをとったという知らせが入った。

「所属するプロダクションには、心身のリフレッシュといっているそうです」

と、西本刑事が、報告した。

その休暇は、五月二十四日から二十六日。

誰にも、わずらわされたくないということで、その三日間をどう過ごすかは、マネージャーにも知らせないことにしたという。

三日とも、平日である。もちろん、北野化粧品は、休みではない。当然、取引きが、予想された。

第一日目の五月二十四日。

午後一時。

新井は、愛車のポルシェ911Sに乗って、自宅マンションを出た。真っ赤な車なので、よく目立つ。

西本と、日下の二人が、覆面パトカーで尾行に当たり、その模様は、携帯電話で、捜査本部の十津川に、刻々、連絡されることになった。

一方、同じ時刻に、北野化粧品本社から、大矢秘書課長が乗り、若い運転手が運転するライトバンが、出発した。

白のトヨエースである。

この車は、三田村と、北条《ほうじよう》早苗《さなえ》の乗る覆面パトカーが、尾行した。

十津川は、亀井と、東京の地図を前に置いて、事態の推移を、監視することにした。

8

新井は、西新宿に車を走らせ、トヨタのレンタカー営業所に着くと、そこで、トヨエースを借り、その車に乗りかえた。

「なぜ、そんなことをするのかわかりません」

と、西本が、電話で、いってくる。

「そのトヨエースは、白色じゃないか？」

と、十津川は、きいた。

「その通りですが」

「それならいいんだ。引き続き、監視してくれ」

と、十津川は、いった。

ポルシェ911Sには、十億円もの札束は、どうやっても、積み切れない。どうする気なのかと思っていたところだから、レンタカー、それも、ライトバンに乗りかえたということを聞いて、やはりと、納得した。

「同じ、白色のトヨエースを借りたということは、車ごと、すりかえる気かもしれませんよ」

と、亀井が、いった。

新井と、大矢は、車の中で、時々、携帯電話を使っているという。

引き渡しについて、話し合っているのだろう。

二台のトヨエースは、時間をおいて、なぜか、晴海埠頭に向かって、走って行く。

一時四十分。まず、新井の車が、人の気配のない埠頭に到着し、フロントを海に向けて、停《と》まった。

十分おくれて、一時五十分、大矢のトヨエースが、同じく、フロントを海に向けて、並んで、停まった。

その間隔は、二、三十センチしかない。

「どうしますか?」

と、西本が、指示を求めてくる。

「何か動きがあるのか？」

と、十津川は、きいた。

「いえ。何もありません。二台の車は、停まったままです」

「それなら、動きがあるまで、監視を続けてくれ」

と、十津川は、いった。

大矢秘書課長を尾行して、現場に着いた三田村たちにも、同じ指示を与えた。

二時を過ぎた。

二時十二分。

「新井と、大矢、それに運転手が、車から降りて来ました」

と、西本が、緊張した声で、伝えてきた。

続いて、三田村が、

「今、相手の車に、乗り込みました」

「取引きが終わったんだ」

「どうしますか？」

「動き出す瞬間を押さえて、逮捕してくれ。その結果を報告しろ」

と、十津川は、いった。

十津川は、亀井に向かって、

「カメさんのいう通りだったよ、車ごと、交換したんだ」

「そうみたいですね」

「報告が、楽しみだな」

と、十津川は、いった。これで、事件は、いっきょに、解決するだろう。

七、八分して、西本から、電話が入った。しかし、ひどく、狼狽《ろうばい》した調子で、

「わけがわかりません」

と、いう。

「どうしたんだ？」

「大矢のライトバンには、段ボールが、十個積んでありました。てっきり、札束が詰まっていると思ったんですが、中身は全部、化粧品でした。北野化粧品のものです」

「新製品か？」

「いえ。現在、売られているものです」

「新井のほうの車には？」

と、十津川が、きいた。三田村が、答える。

「運転席に、茶封筒が置いてありました」

「中身は、フロッピーか？」

「違います。現金で二百万円の札束でした」

「新井のほうが、金を持って来たのか？」

「そうです。わけがわかりません。これから、どうしますか？」

「とにかく、二人とも、こっちへ連れて来てくれ。それから、二台の車も、押収して、運んで来い」

と、十津川は、いった。

9

新井と大矢には、別々に、訊問した。

まず、新井だった。

「何をしていたんだ？　埠頭なんかで」

と、亀井が、きいた。自然に、怒りが、顔に出てしまう。新井は、斜《はす》に、身体《からだ》を構えて、

「化粧品の買い付けですよ」

「段ボールに十箱もか？」

「若い、売れない女優や歌手なんかに、頼まれていたんですよ。安く化粧品が、手に入らないかって。それで、僕が、北野化粧品に交渉したんだ。大量に買うから、割引きしてくれないかって。三割引きにしてくれた。それで、今日、二百万円を持って、取引きしたんですよ」

と、新井は、いった。

「なぜ、あんな埠頭なんかで、取引きしたんだ？」

「当然でしょう。再販問題とかで、化粧品メーカーは、神経質になってるんですよ。三割も、割引きして売ったとわかったら、スーパーなんかの安売りに、文句がいえなくなるから、秘密にしたいといわれたので、あんな場所での取引きになったんです」

と、新井は、いった。

続いて、大矢秘書課長の訊問になった。

「新井は、半額で、おたくの化粧品を買ったと、いっているんだが、本当ですか？」

十津川は、わざと数字を違えて、きいた。

大矢は、笑って、

「半額は、無理ですよ。大量に買って頂いたので、三割引きにさせて頂きました。それに、うちの化粧品の宣伝もしてくださるというので、営業も、ＯＫしてくれたんです」

と、いった。

二台のトヨエースは、徹底的に調べたが、化粧品と、二百万の現金以外に、何も発見できなかった。

「下手《へた》な芝居をしやがって！」

と、亀井が、腹立たしげに、いった。

「連中は、警察が尾行するのを予期して、一芝居《ひとしばい》打ったんだよ」

「狙いは何ですかね？」

「本番は明日なんだろう。それで、今日は一芝居打って、警察の出方を見たんだと思うね」

「そういえば、新井は、三日間、休みをとっています。明日、明後日《あさって》、動かさないために、留置しますか？」

「化粧品を安く買ったからかい？」

と、十津川は、笑った。

新井たちは、釈放されて、帰って行った。

（本番は、明日か、明後日）

と、十津川は見ていたが、新井は、その日のうちに、一七時五八分東京発、長崎《ながさき》行の夜行寝台特急「さくら」に、乗り込んでしまった。

もちろん、新井には、監視がつけてあったから、西本と、日下の二人が、同じ寝台特急に乗り込んだ。

しかし、新井が、何をしようとしているのか判断がつかなかった。

北野化粧品には、何の動きもなかったからである。

大矢秘書課長も、呑気《のんき》に、友人と六本木で飲み、深夜になって、自宅マンションに帰り、外出せずに、寝てしまった。

その頃には、新井の乗った「さくら」は、大阪まで、走っていた。

「夜が明けたら大矢が、飛行機で、新井を追う気なんじゃありませんかね」

と、亀井が、いった。

「十億円の現金を持ってか？　それは、不可能だよ」

「たぶん、現金は、われわれに対する目くらましだと思います。北野化粧品は、別に、十億円の小切手を作り、それを、大矢に持たせる気なんじゃありませんか。銀行小切手なら、九州ででも、どこでも、現金化できますから」

「そこで、フロッピーと、交換か？」

「ではないでしょうか？」

と、亀井は、いった。

しかし、夜が明け、五月二十五日になっても、北野化粧品には、何の動きもなかった。大矢も、動かない。

一二時〇四分「さくら」は、終着駅長崎に着き、新井は、降りた。

尾行している西本と日下から、連絡が入ってくる。

「新井は、駅前から、タクシーを拾いました。誰とも、落ち合っていません」

一時間半後に、また西本から、電話が入った。

「今、新井は、雲仙《うんぜん》温泉に着き、Ｒホテルに入りました。前々から、予約してあったようです」

「宿泊予定は、何日だ？」

「今日、二十五日、一日だけになっています」

「君たちも、そこのホテルに泊まって、新井の様子を調べてくれ」

と、十津川は、いった。

午後三時過ぎに、西本から、緊急連絡が、入った。

「今、木崎博が、ホテルに来ています。新井の部屋に入って行きました」

「もう一人の小川徹は、来ていないのか？」

「姿は、見えません」

「木崎が、いつから、雲仙にいるのか、何しに、来たのか、それを調べてくれ。難しいだろうがね」

と、十津川は、指示した。

問題は、新井と、木崎は、何のために、雲仙へ行ったのかということだった。

「彼は、二十五日の取引きは、中止したわけですね。もう間に合いませんから」

と、亀井が、首をかしげた。

「取引きをしないつもりとは思えない。金は、欲しいだろうからね」

「北野化粧品ではなく、ライバル会社に、売り込んだんでしょうか？」

「しかし、それならそれで、動きがあるはずだよ。新井は、下手な芝居を打ったあとは、雲仙へ行っただけだ」

「すると、どうなるんです？」

「あの芝居の間に、取引きは、すんでしまっているんじゃないかね？」

と、十津川は、いった。

「すんでるって、新井は、何もしていませんよ。あの芝居の他は」

「木崎と、小川の二人がいるよ」

「新井を抜きにして、彼らが動いたということですか？」

「新井の指示に従うんだろう。新井の頭は、バカにしたもんじゃないよ」

と、十津川は、いった。

夕方になって、西本が、電話してきた。

「木崎のことが、少しわかりました。彼は、一昨日《おととい》の二十三日から、長崎市内のホテルに泊まっています。そこで彼は、M銀行の長崎支店に行っています」

「用は何だ？」

「最初は、プライバシーは、話せないといっていましたが、警察手帳を見せ、殺人事件に関係しているかもしれないといったら、教えてくれました。木崎は、一万円で銀行口座を作っています」

「新井和宏の口座じゃないか？」

「その通りです。本名名義です」

「やられたよ」

と、十津川は、電話を切ってから、亀井に、いった。

「何がですか？」

「やっぱり、取引きは、二十四日に、終わっていたんだ。われわれが、連中の芝居に振りまわされている間にだよ」

「きちんと、説明してください」

「二十三日に、木崎は、長崎へ行き、M銀行長崎支店に、新井和宏の本名名義の銀行口座を作っている。そこに、北野化粧品が、二十四日に、金を振り込んだんだと思う。たぶん、十億円だ」

と、十津川は、いった。

「しかし、フロッピーのほうは、どうやって、渡したんでしょうか？　先でも、後でも、まずいわけでしょう？　北野化粧品が、東京で、長崎支店の新井の口座に、十億円を振り込むのを確認してから、フロッピーを渡しても、北野化粧品は、フロッピーを、手に入れたとたんに、銀行か警察に電話して、十億円を押さえてしまうことも、できるわけです。そうかといって、長崎で、十億円を引き出してから、フロッピーを返すとなると、今度は、北野化粧品のほうが、疑心暗鬼《ぎしんあんき》になってしまいます。十億円を手に入れたあとで、新井が、フロッピーを渡さず、他の化粧品メーカーに、売りつけることも、考えられますから」

と、亀井は、いった。

「郵便だよ。郵便を使ったんだ」

と、十津川は、いった。

「郵便ですか？」

「こういうことだと思うんだよ。まず、木崎が、東京から遠く離れた長崎へ行き、その銀行に、新井和宏の口座を作った。そして、翌二十四日、新井と、大矢秘書課長が、陽動作戦をとり、われわれが追いかけている間に、小川は、北野化粧品の責任者に会い、その責任者が銀行で、長崎のＭ銀行支店に、十億円を振り込む手続きをするのを、確認する」

「はい」

「それと同時に、もう一人の新井の仲間が、フロッピーを――」

「北野化粧品に、渡すわけですか？」

「それでは、カメさんの心配通りになってしまうよ。それを防ぐために、郵便を使ったと、私は、思っている」

「どんなふうにですか？」

「新井の仲間は、問題のフロッピーを、北野化粧品側の人間の立ち会いのもとに封筒に入れ、封をし、切手を貼る。封筒の宛先《あてさき》は、北野化粧品だ。携帯電話で連絡をとりながら、北野化粧品が、銀行で、長崎の支店宛に、十億円を振り込んだと確認すると同時に、郵便ポストに、投函《とうかん》する。フロッピーの入った封筒が、北野化粧品に届くのは、翌日の二十五日だ。また、その日になれば、長崎の銀行で、十億円を引き出せる。電信扱いにすれば、翌日には、引き出せるからだ」

「なるほど。どちらも、安心して、金とフロッピーを、手に入れられるわけだ」

「そうだ」

「しかし、新井の仲間は、木崎と小川の二人しかいません。警部の話では、もう一人必要と思いますが」

「ちゃんといるさ。久保田麻美だよ」

と、十津川は、いった。

10

M銀行長崎支店を調べると、二十五日の午後一時過ぎに、木崎と、若い女が二人でやって来て、東京で、前日に振り込まれた十億円を、引き出したという。銀行員も、手伝って、その十億円を、裏手に停めてあった車に運んだということだった。

木崎と、若い女は、その車を運転して、何処かに走り去った。

木崎が、雲仙の新井に会いに来たのは、そのあとだろう。十億円を無事、手に入れたのを、報告しに来たに違いない。

たぶん、北野化粧品は、すでに問題のフロッピーを、手に入れているだろう。取引きは、完了したのだ。

五月二十六日。午前九時。

雲仙の西本たちから、電話が、あった。

「新井が、ホテルをチェックアウトして、長崎空港に向かいました」

「東京に、帰ってくるんだろう。迎えに行きたいから、どの便に乗ったか、教えてくれ」

と、十津川は、いってから、付け加えて、

「君たちのうち、一人は、そちらに残って、十億円を積んだ車が、何処へ行ったか、調べるんだ。きのうの午後一時過ぎに、M銀行長崎支店で、十億円を下ろした。そのあと、木崎は、三時に雲仙へ来て、新井に会っている。その間、二時間足らずだから、行動は限定されている。それに、銀行員は、車種も覚えているはずだから、何とか、調べてくれ」

と、いった。

新井が、長崎空港で乗ったのは、一〇時三五分発、東京行JAS362便だった。

十津川は、亀井と、羽田《はねだ》空港へ迎えに行った。

「それで、何処へ連れて行きます？　捜査本部ですか？」

「いや。殺人現場の廃工場に連れて行く」

と、十津川は、いった。

「拒否したら、どうします？」

「しないと思うね。彼は、まったくうまくいって、自信満々だから、何処へでも行ってやろうという気になっているはずだよ」

と、十津川は、いった。

一二時一〇分。羽田に、JAS362便が、到着した。

十津川と、亀井が、出迎える。

「久保田麻美が、一緒ですよ」

と、亀井が、眼をむいて、いった。

「やっぱりな」

と、十津川が、いった。

新井と麻美は、二人の刑事の出迎えを受けて、一瞬、驚きの色を見せたが、新井は、すぐニコリとして、

「何のご用ですか？」

「お二人に、われわれと一緒に、行ってもらいたい所がありましてね」

と、十津川が、いった。

「拒否したら、どうなります？」

「別に、構いませんよ」

と、十津川は、わざといった。

案の定、新井は、強がりを見せて、

「いいですよ。行きましょう」

と、いった。

十津川は、新井に愛車を運転させ、例の廃工場に、急いだ。途中で、二人は、行き先に気づいたようだったが、急に嫌だとはいえなくて、仕方なくついてくるのが、わ

かった。

廃工場に着くと、十津川は、新井に向かって、

「ここに、見覚えがありますか?」

と、きいた。

「ありません。第一、なぜ、こんな所に、僕たちを、連れて来たんですか?」

と、新井が、きく。

「ここで、木下匡さんが、殺され、ドラム缶に詰められ、東京湾に、投げ込まれたのです。木下さんのことは、麻美さん、あなたが、よくご存じですね?」

と、十津川は、麻美を見た。

麻美は、短く、「ええ」と、うなずいた。

新井は、「ふん」と、鼻を鳴らして、

「彼女が、知ってたかどうかは知らないけど、僕は、木下とかいう人に、会ったこともない。第一、ここで、人が殺されたなんて、どうしてわかるんですか?」

「わかるんですよ。それに、麻美さんは、ここにいましたね。あなたのパンサーのイヤリングの片方が、ここに、落ちていたんです」

と、十津川は、いった。

麻美は、耳に、指をやってから、

「パンサーのイヤリングは確かに、木下さんに買ってもらったものだけど、すぐ、片方、落としてしまったの。それで、木下さんに、残った片方を渡して、それで、揃《そろ》いのものを作ってほしいって、頼んでおいたの。だから、そのイヤリングが、ここに落ちてたからって、あたしが、ここに来た証拠にはならないわ」

と、いった。

「なるほどね」

と、十津川は、うなずいてから、

「実は、われわれは、こういうストーリーを考えているんですよ。新井さん、あなたは、麻美さんを誘拐した。いや、違うな。これは馴《な》れ合いで、誘拐したと見せかけ、木下さんに、圧力をかけた。彼女を助けたければ、北野化粧品の新製品のフロッピーを、盗んで来いと命じた。麻美さんを溺愛していた木下さんは、フロッピーを盗んで、ここで、新井さんに渡した。あなたは、手に入れると、口封じに木下さんを殺し、ドラム缶に入れて、晴海埠頭から東京湾に沈めてしまった。警察に一一〇番して、木下さんの死体を発見させたのは、北野化粧品への脅しとするためでしょう。そのあとで、フロッピーは、十億円で、北野化粧品に買い取らせた。北野化粧品にしてみれば、フロッピーがライバル会社に渡れば、数百億円の損失だから、十億円でも、喜んで、買い取ったと思いますね。その取引きですが、われわれは、まんまと、新井さん、あなたにしてやられた。あなたの打った芝居に、欺《だま》されてしまった。その間に、あなたは、本当の取引きをすませてしまったんだ。長崎のM銀行の支店に、十億円、振り込ませ、フロッピーは郵便で、送りつけたんだ。違いますか？」

「証拠は？」

と、新井が、きく。

「証拠は、あるんですか？　第一、木下という人がここで殺されたと、どうして、わかるんですか？」

「犬が、知っていました」

と、十津川は、いった。

「犬が？」

「木下さんが、可愛がっていた犬ですよ。雑種の犬で、名前は、ジュリエット。すぐ、ここに連れて来ましょう」

と、十津川はいい、携帯電話で、妻の直子にかけ、すぐ、ジュリエットを連れて来てくれと、いった。

車で、直子が、ジュリエットを連れて来た。

11

ジュリエットは、現場に着くと、身体を低くして、周囲を嗅《か》ぎまわり、唸《うな》り声をあげた。

「この犬は、ここで、主人の木下さんの匂いを嗅いで、ずっと、立ち去らずにいたんです。だから、木下さんがここで殺されたことが、わかりました」

と、十津川は、新井と麻美の二人に向かっていった。

「だから、どうだというんです。僕は、関係はありませんよ。木下という人には、会ったこともないんだから」

と、新井が、ふてくされた顔で、いう。

麻美は、黙って、怯《おび》えたような眼で、ジュリエットを見ている。

十津川は、そんな二人を見すえるようにして、

「ここには、複数の犯人と、木下さんが、いたと思われるんですよ。新井さん、あなたと、あなたの仲間の、木崎、小川の二人がいた。それに、麻美さんもね」

「バカなことをいわないでくれ」

と、新井。

「ここには、ソープランドの宣伝用使い捨てライターが、落ちていました。どうやら、犯人の一人が、ソープランドの愛好者だったらしい。木崎や、小川の指紋を採り、ライターの指紋と照合すれば、彼らが、ここにいたことが、証明される。それとも、新井さん。あなたが、ソープランドの愛好者ということはないでしょうね？」

十津川は、からかうように、新井を見た。

新井は、汗が出るのか、ズボンのポケットからハンカチを取り出して、しきりに顔を拭《ぬぐ》っている。

その時、突然、ジュリエットが吠《ほ》えて、新井に、飛びついていった。

新井の、ハンカチを持った腕にである。

新井が、悲鳴をあげて、ハンカチを落とした。ジュリエットは、それをくわえて、飛びすさった。

「畜生《ちくしょう》！　何なんだ？　この犬は」

と、新井が、怒鳴《どな》る。

十津川は、じっと、ジュリエットがくわえている派手なハンカチを、見つめた。

「申し訳ないが、あなたたちには、これから、署へ来てもらう」

と、十津川は、新井と麻美に向かって、いった。

「なぜなんだ？　その犬が、僕のハンカチをくわえたからか？」

と、新井が、大声を出した。

「たぶん、この犬は、そのハンカチに飼い主の木下さんの匂いがあるから、くわえたんだと思います。だから、このハンカチは、科研《かけん》で、調べさせてもらいますよ」

と、十津川は、いった。

「それは、僕のハンカチなんだ。買った時から、ずっとだ。他の人の匂いがつくはずがないよ」

「それは、こちらで、調べます」

と、十津川は、いった。

新井と、麻美は、捜査本部で留置することにして、問題のハンカチは、科研に送った。

ジュリエットが、新井から奪って、くわえた理由を知りたかったのだ。

丸一日して、科研から、連絡があった。

「あのハンカチだが、血が、浸み込んでいたよ。あれで、血を拭《ふ》いたんだな。洗ったが、洗い方が雑だったから、血が、完全には落ちていなかった」

「血液型は？」

「A型だ」

と、中村《なかむら》技官は、いう。

木下の血液型は、確か、Aだったはずである。

十津川は、すぐ、新井と麻美の血液型を調べることにした。

その結果、新井は、B、麻美は、ABとわかった。A型ではないのだ。

B型の新井のハンカチに、A型の血が、浸み込んでいるというのは、どういうことなのか？

あの廃工場で木下を殺した時、彼の血が飛んで、新井の腕にでも、ついたのだろう。新井はあわてて、自分のハンカチで、拭き取ったに違いない。

十津川は、直《ただ》ちに、新井、麻美二人の逮捕状を請求し、留置のまま、逮捕した。

まず、麻美が、落ちた。

彼女は、新井と共謀して、誘拐劇を演じ、木下に、フロッピーを盗み出させた。

新井は、それを手に入れると、口封じに、木下を殺してしまったのだと、いう。

「君も、現場にいたんだな？」

と、十津川は、きいた。

「ええ。木崎さんと、小川さんもいたわ」

「それなら、なぜ、新井が木下さんを殺すのを、止めなかったんだ？　木下さんには、マンションや、車を買ってもらったんだろう」

と、亀井がいうと、麻美は、眉《まゆ》を寄せて、

「あたしね。うんざりしてたの」

「うんざり？」

「もう、七十歳の年寄りよ。カサカサした身体を見るたびに、ぞっとしてたわ」

「だから、新井が殺すのを止めなかったし、ドラム缶の中に、シェイクスピアの本を、放り込んだんだな？」

「これを、読め読めって、あの本をくれたのよ。あたしは、英語なんか読めないし、今更《いまさら》、英語を勉強する気もなかった。だから、死んだ木下さんに、返してやったのよ」

「築地署に一一〇番したのは、君だね」

「そうよ。彼が、北野化粧品への脅しになるから、一一〇番しろと、いったのよ」

と、麻美は、いった。

彼女が、全てを自供したと告げると、新井も、やっと、犯行を認めた。

長崎で、十億円をM銀行長崎支店から引き出した木崎と麻美は、その足で、同じ長崎にある小さな信用金庫に、預金したことも、自供した。

そのあとで、新井は、突然、

「畜生！　あいつが悪いんだ！」

と、叫んだ。

「あいつというのは、麻美のことかね？」

と、十津川が、きいた。

「そうさ。あいつは、顔はきれいだけど、掃除も、洗濯も、ろくにできないんだ。おれが、あのハンカチを渡して、ちゃんと洗っておけよといったのに、いい加減に洗うから、血痕が残っちまったんだ。バカヤロウだ！」

新井は、ののしるように、いった。

亀井は、笑って、

「お前には、似合いだよ」

と、いった。

残る木崎、小川も逮捕され、四人が起訴されて、事件が終わったあとで、亀井が、考え込んでしまった。

「どうしたんだ？　カメさん」

と、十津川が、きいた。

「ねえ。警部。私はね、若い女に溺れてみるのも、悪くないなと思っていたんですよ。しかしやめました」

と、亀井はいった。

『オール讀物』１９９７年5月号初出

夜行列車「日本海《にほんかい》」の謎《なぞ》

1

警視庁捜査一課十津川《とつがわ》警部の妻、直子《なおこ》は、十津川と結婚するまで、インテリア・デザインの仕事をしていた。

東京《とうきょう》都新宿《しんじゅく》区にあるサン・デザイン工房で働いていたのだが、結婚を機会に、いったん、家庭に入った。

幸か不幸か、二人の間に子供ができず、それに、夫の十津川も、せっかくの腕を生かしたらといってくれたので、直子は、また、インテリア・デザインの仕事を始めることにした。

と、いっても、サン・デザイン工房に戻るのでは、仕事に時間が取られすぎると思い、会社にくる仕事の中から、自分に似合《にあ》っているものを選んで、やらせてもらうことにした。

そんなわがままを、サン・デザイン工房の社長が承知してくれたのは、仏のナベさんと呼ばれる田辺《たなべ》社長の人柄もあるだろうし、また直子の腕が、それだけ信頼を受けているということでもあった。

十月に入って、引き受けたのは、有名な女優が新築した家の内装だった。その注文が難しくて、現代的であると同時に、日本の伝統的な美しさも感じさせるようなデザインにしてほしいというのである。金も、時間も、いくらかかってもいいという。

直子は、そのヒントをつかみたくて、新幹線で、京都《きようと》に向かった。京都という町や、京都の人間は、日本でもいちばん、伝統を重んじ、同時に、モダンな町でも人間でもあると思っていたからだった。

直子自身にとって、五年ぶりの京都である。

夕方、京都駅に着いた直子を、最初に迎えてくれたのは、駅前に高くそびえる京都タワーだった。

この塔が出来たころは、京都の伝統的な家並みの中に、なぜ、こんな醜悪《しゆうあく》なものを建てたのかと、非難が大きく、すぐ取りこわせという署名運動も起きたものだが、今日見ると、不恰好《ぶかつこう》なりに、いつの間にか、京都の町に溶《と》け込んでいるように、直子には見えた。

五年前に来たときは、地下鉄の工事中で、京都駅前の広場も掘り返されていたのだが、今はもう、地下鉄が開通し、駅前には、ポルタと呼ばれる地下街が出来ている。

いつもの直子は、ホテル泊まりだが、今日は、古い日本旅館を予約してあった。京都でも五本の指に入る、古く格式を誇る旅館で、一見《いちげん》の客は泊まれないというので、デザイン工房の社長の田辺に頼んでもらったのである。

タクシーで、三条柳馬場《さんじょうやなぎのばんば》まで行き、くぬぎ屋というその旅館に入った。

さして大きくもないし、贅《ぜい》をつくしてもいない。周囲の古い家並みの中では、目立たない造りである。

玄関の前には、打ち水がしてあったが、これは、たいていの家がやることだろう。

（最低で、一泊二万八千円も取るサービスとは、どんなものなのだろうか？）

と、首をかしげながら、直子は、案内されて、八畳の部屋に通った。

ここも、べつに、豪華な部屋というわけでもない。障子《しょうじ》を開けると、小さな中庭に面しているが、京都のたいていの旅館や料亭は、同じ造りである。

しかも、風呂もついていないから、廊下へ出て行かなければならない。朝と夕の食事がついているにしても、これで、二万八千円は高いなと思ったから、直子は、デザイナーの眼で、部屋の中を見まわした。

床の間《とこのま》のある普通の八畳である。くぬぎ屋は、二百年の伝統というが、障子や、畳は真新しく、おまけに、天井には、蛍光灯がついているので、ちぐはぐな感じも受ける。

（あまり参考にならないな）

と、思ったりした。

それに、廊下に面して立ててある屏風《びょうぶ》も気になった。昔は、金屏風だったのであろうが、それがすっかり剝《は》げてしまっているし、そこに書かれている和歌らしきものも、読むのに苦労するほど、変色してうすくなっている。

「この屏風に書いてある和歌は、さぞ、有名なものなんでしょうね？」

直子は、皮肉のつもりでいったのだが、お茶をいれてくれていた中年の女中さんは、微笑して、

「定家《ていか》さんの書かれたものです」

と、いった。

直子は、その事もなげないい方に、びっくりして、

「定家さんて、あの藤原定家《ふじわらのさだいえ》のこと？」

「はい。お茶をどうぞ」

女中さんは、そういって、部屋を出て行ってしまった。

夕食のときも、料理が盛られた皿や、椀《わん》は、どれも、高価なものばかりである。直子は、陶器には、目の利《き》くほうだと思っているが、彼女の眼から見て、何十万円もし

そうな器《うつわ》に、無造作に漬物《つけもの》が盛られて、膳の上に並んでいる。

古屛風に書かれた和歌が、定家の直筆《じきひつ》だというのも、たぶん、本当だろう。とすれば、この屛風は、重文《じゅうぶん》クラスの貴重品かもしれない。

直子は、そんなところに、京都の歴史の深さみたいなものを感じたし、二万八千円の宿代の高さを感じたりしながら、夕食をすませ、そのあと、駅前に出た。

2

二、三十分、旅館の近くを歩いてから、直子が戻ると、さっきの女中さんが、

「お客さんに、電話がありましたよ」

「誰からかしら?」

夫の十津川か、あるいは、デザイン工房の社長からかと思ったが、

「富山《とやま》の脇坂《わきさか》さんという方からです。脇坂和男《かずお》さんとおっしゃっていました」

「脇坂さん——」

忘れていた名前が、ふいに飛び出してきたことに、直子は、一瞬、狼狽《ろうばい》した。

直子は、十津川とは、再婚である。脇坂和男は、最初の結婚の相手だった。

十年前、直子が、二十七歳のとき、二人は結婚した。

脇坂は、当時二十九歳。国立大学を出て、東京の商社で働くエリートサラリーマンだった。

頭が良くて、将来性のあるサラリーマンで、優しさにあふれ、結婚の対象としては、最上の男に思えたのである。

しかし、結婚して、一年近くがたったとき、直子は、この結婚は、失敗だったと思った。

アンドレ・ジイドの小説に、『女の学校』というのがある。恋した女は、男のすべてが、素晴らしく見えた。ところが、ある日、突然、長所に見えたものが、すべて短所に見えてくるという作品だった。

直子の、脇坂に対する失望にも、それに似たところがあった。頭の良さは、うぬぼれの強さに見え、優しさは、小心さに見えてくるといった具合だった。

脇坂のほうは、十分に未練があったようだったが、一度嫌いになると、我慢ができない性格の直子は、強引に別れてしまったが、それからでも、九年がたっている。

十津川との結婚がうまくいっているので、ここ一、二年、脇坂の名前は、すっかり忘れてしまっていたのである。

「どんな電話だったのかしら？」

と、直子は、きいた。

「最初、十津川直子さんという人が泊まっていませんかというので、今、外へ出ていらっしゃいますと申し上げたら、伝言を頼みたいといわれました。ええと、明日、『日本海《にほんかい》』という列車で、京都に行くので、ぜひお昼をご一緒したい。十二時に、六《ろっ》角堂《かくどう》の裏でお待ちしています。それから、大事な話もあります。十津川さんのことでと、付け加えて、おっしゃっていましたけど」

女中さんは、メモしたものを見ながらいった。

脇坂と一緒だったころ、京都へ旅行したことがあり、そのとき、六角堂に行ったこともある。京都の中心にあるのだが、清水寺《きよみずでら》や、金閣寺《きんかくじ》のように、観光客が集まることもなく、静かな一角を作っている。脇坂が、六角堂を指定したのは、そのせいだろう。

別れて、すぐだったら、直子は、会ってみる気には、ならなかったろうと思う。

しかし、あれから、九年たって、直子自身も、大人になった。優しさが、ある日突然、小心さに見えたといっても、脇坂の性格が、突然、変わったわけではないことも、わかってきた。変わったのは、むしろ、直子のほうだったのだろうし、脇坂は、いぜんとして優しい男なのだが、その優しさが我慢ならなくなったのだ。

それに、九年の歳月で、第三者の眼で、脇坂を見られるようにもなっていた。

(夫のことで、大事な話があるというのは、どんなことかしら？)

それにも、興味があった。

富山からというと、脇坂は、彼の郷里に帰っているらしい。

直子が、京都のこの旅館にいるのを知ったのは、サン・デザイン工房に問い合わせたのだろう。

東京に電話してみると、田辺社長は、まだ会社に残っていた。

「ああ、男の人から電話で、君のことを聞いてきたよ。脇坂という人だ。大事な用があるというので、京都の旅館を教えたんだが、いけなかったかな？」

「いいえ」

と、直子は、いった。

翌日、絶好の秋日和《あきびより》の中を、直子は、カメラを提《さ》げて、取材に出かけた。

最初に足を運んだのは、詩仙堂《しせんどう》である。建築主の要望の一つに、安らぎのあるインテリアということがあった。ごてごてと飾り立てた部屋では、安らぎは得られない。

日本家屋の特色を生かして、自然を、家の中にまで取り入れるようなことを考えたい。そのために、詩仙堂を見たいと思ったのである。

ウイークデーだが、ここも、若い女性の観光客が沢山《たくさん》、姿を見せていた。東京の町中では、賑《にぎ》やかにおしゃべりしているだろう彼女たちが、ここでは、神妙に、畳にすわって、庭の景色を眺めていた。そうしたくなる雰囲気を、詩仙堂という建物が持っているのだろう。

直子は、何枚か写真を撮《と》ってから、タクシーを拾って、待ち合わせの場所である六角堂に向かった。

六角堂は、四条《しじょう》烏丸《からすま》に近く、銀行や、旅館などが軒《のき》をつらねているあたりに、ぽつんと建っている。

千四百年前、聖徳太子《しょうとくたいし》が、建てたといわれるが、六角のお堂は古びていて、狭い境内《けいだい》には、これといった史蹟《しせき》や、美しい花壇もない。だから、見物客の数も、まれなのだろう。

昔、ここが、京都の中心だったというので、境内に「へそ石《いし》」なるものが埋め込まれているが、今は、京都の中心も、東の方の四条河原町《かわらまち》に移ってしまっている。

直子が、入って行ったときも、境内には、近くの人らしい老婆《ろうば》が、孫と二人で、飛んできた鳩《はと》に餌《えさ》をやっているだけだった。

境内には、池があり、その池の傍《そば》で、この六角堂の住職が、生け花を始めた。それが、現在の池坊《いけのぼう》の始まりだといわれる。池坊ビルが、そそり立って、六角堂を押し潰《つぶ》すように見える。その高いビルのせいで、六角堂の境内は、うす暗かった。

直子の腕時計は、十二時五分をさしていた。が、脇坂の姿は、どこにも見当たらない。

（少し待ってみよう）

と、直子は、思った。

直子は、お堂の周囲を、ゆっくりとまわりながら、写真を撮った。ちょうど、お堂の裏手に来て、暗いので、フラッシュの用意をしようと、その場に屈《かが》み込んだとき、ふいに、背後に人の気配を感じた。

「脇坂さん？」

と、振り返ろうとした直子の顔に、白い布が、押し当てられた。それを、払おうとした手が、強い力でつかまれてしまった。

嫌な、強烈な匂《にお》いのする布だった。

クロロホルムの匂い――

3

刺すような痛みに、直子は、悲鳴をあげて眼を開いた。

いや、悲鳴をあげたつもりだったが、舌がもつれて、声になっていない。

どこかの部屋だということだけは、ぼんやりとわかった。

刺すような痛みは、いぜんとして続いている。自分の左手の手首のあたりから、真っ赤な血が噴《ふ》き出しているのだ。

あわてて、右手で、左手首を押さえた。が、血は止まらない。押さえた指の間から、血が、にじみ出てくる。

気が遠くなってくる。

(このままでは、死んでしまう)

直子は、のろのろと、立ち上がった。眼の前に、ドアが見えた。

(あのドアを開けて、助けを呼ぶんだ)

自分にいい聞かせるのだが、足が思うように動かない。

ドアが、ゆがんで見えるのは、クロロホルムのせいだろうか。それとも、貧血のせいだろうか。

血が、だらだら流れ落ちている。重い足を引きずって、やっとドアに辿《たど》り着いた。

ドアを開ける。

誰かが、びっくりした顔で、こっちを見ている。

「助けて！」

と、叫びながら、直子は、自分がまた、暗い奈落《ならく》の底に引きずり込まれていくのを感じた。

次に眼を開けたとき、直子は、ベッドに寝かされ、白い服を着た女が、自分の顔をのぞき込んでいるのを知った。

同時に、左手首の痛みも、よみがえってきた。だが、手首には白い包帯が巻かれている。

「もう大丈夫ですよ」

と、白い服を着た女が、微笑した。

「ここは？」

「田口《たぐち》病院です。あなたは、危《あや》うく、出血多量で死ぬところだったんですよ。助かったことを感謝しなくてはね」

白い服の女は、看護婦だった。

「何があったのか、教えてください」

直子がいうと、看護婦は、急に、暗い眼つきになった。

「今は、何も考えずに、眠ったほうがいいわ」

と、いった。

ひどく疲れていて、直子は、眠った。

三度目に眼をさましたとき、病室には、明かりがついていた。

小柄な男と、中年の男が二人入ってきた。

医者は、簡単に診察をすませると、「すぐ元気になるよ」と、いってから、

「こちらは、京都府警の刑事さんでね。あなたに、ききたいことがあるそうだ」

と、直子にいった。

二人の刑事のうちの片方が、ベッドの横の椅子《いす》に腰を下ろし、ポケットから、一枚の写真を取り出して、直子の眼の前にかざすようにした。

「この男を知っているね？」

直子が、眼をこすると、そこに写っているのは脇坂だった。

「ええ」

「名前は、脇坂和男。そうだね？」

「ええ」

「君との関係は？」

「十年前に結婚して、うまくいかず、一年ほどで別れた人です」

「なるほどね」

と、刑事はいい、立っている同僚と顔を見合わせて、うなずいている。

「脇坂さんが、どうかしたんですか？」

直子がきくと、刑事は、眉《まゆ》を寄せて、

「とぼけちゃ困るね。モーテルで、脇坂和男をナイフで刺し殺し、自分も、左手首を切って、自殺を図《はか》ったんじゃないか。無理心中をしようとしたんだと思うがね」

「私が、脇坂さんを殺したんですって？」

「そうだよ」

「そんな馬鹿な！」

と、直子は、叫びながら、最初に眼ざめたときのことを思い出してみた。

左手首の痛みで眼をさまし、血が噴き出しているのに気づいたのだった。あの場所は、モーテルの一室で、そこに、脇坂も死んでいたのか――

だが、まだ、何が何だかわからないでいた。

「東京に電話をかけさせてください」

と、直子は、いった。

「弁護士を呼ぶのかね？」

「いいえ。警視庁捜査一課の十津川という警部に連絡したいんです。私の主人です」

4

十津川は、新大阪《しんおおさか》行きの最終の「ひかり」で、駆けつけた。

京都駅に着いたのが、夜の一一時〇五分である。

駅前から、タクシーを拾い、京都府警へ。

妻の直子に会う前に、十津川は、くわしい事情を知りたくて、事件を担当している捜査一課の小野《おの》という警部に会った。

何度か会って、顔見知りの男だった。

「十津川さんの奥さんだとわかったときは、びっくりしましたよ」

と、小野がいった。

「しかし、だからといって、特別扱いはできませんのでね」

「当然です。くわしい事情を教えてもらえませんか」

「今日の午後二時ごろ、名神《めいしん》高速の京都南インターチェンジ近くにあるモーテルから、一一〇番がありましてね。客の男女が、無理心中を図ったというんです。駆けつけると、男のほうは、すでに絶命していましたが、左手首を切った女のほうは、まだ息がある。すぐ、救急車で、近くの病院へ運び、手当てをした結果、助かりました。男のほうは、くびを絞《し》められたうえ、ナイフで胸を刺されていましてね。所持品から、富山市内に住む脇坂和男とわかりました。十津川さんも、彼のことは、ご存じだったんでしょう?」

「家内から、名前を聞いたことはあります。会ったことはありませんが」

「所持品の中に、こんな写真もありました」

小野は、二枚の写真を、十津川に見せた。

たぶん、直子とのハネムーンのときに写したのだろう。二人が並んで写っている写真だった。

「私より美男子だ」

と、十津川は、笑った。

「こんな写真を持っていたところをみると、脇坂和男は、奥さんに未練があったんだと思いますね」

「家内は、どんな状態で発見されたんですか？」

「ブルー・シャトウというモーテルなんですが、そこの従業員が、掃除をしていたところ、９号室のドアが開いて、血まみれの女性が、ふらふらと出てきて、助けてくれというなり、その場に倒れてしまったそうです。それで、一一九番すると同時に、一一〇番したというわけです。奥さんは、下着姿で、左手首から、血を流していたそうす。脇坂和男も、下着姿で、ベッドで死んでいたんですが、ベッドは、血まみれでした。ベッドから、ドアの外まで、奥さんが歩いたところには、血が点々とついていて、凄惨《せいさん》でしたね」

「家内は、どういっていますか？」

「今日、脇坂和男に会う予定だったことは認めています。奥さんは、三条柳馬場近くの旅館に泊まっているんですが、外出しているときに、富山の脇坂から電話があって、女中さんに伝言を頼んだというのです。今日、『日本海』という列車で京都に行くので、十二時に、六角堂で待っていてほしいという伝言なので、奥さんは、十二時に、六角堂へ行ってみたというのです。脇坂は、まだ来ていなかったので、境内を歩いていたら、突然、何者かに、クロロホルムを嗅《か》がされて気を失った。そして、気がついたときは、さっきのモーテルに、左手首を切られて、投げ出されてたというわけですよ」

「家内の泊まった旅館に、富山の脇坂和男から電話が入ったのは、事実なんですか？」

「旅館に問い合わせたところ、事実とわかりました」

「『日本海』で、京都に来るといったわけですね？」

「そうです。この列車を、ご存じですか？」

「まだ乗ったことはありませんが、確か、大阪と青森《あおもり》間を走る夜行列車でしたね」

「そうです。大阪から京都へ出て、湖西《こせい》線、北陸《ほくりく》本線、信越《しんえつ》本線、羽越《うえつ》本線、奥羽《おうう》本線と、日本海側を走って、青森へ到る夜行列車で、上り、下り各二本ずつ運行されています」

と、いってから、小野は、時刻表を取り出した。

「上りの『日本海』は、2号と4号の二本で、脇坂は、たぶん、『日本海4号』で、京都へ来たものと思っています」

「なぜですか？」

「時刻表を見てください」

小野は、寝台特急列車だけが出ているページを開いて、十津川に見せた。

	日本海4号	日本海2号
青森発	1923	1627
	↓	↓
富山着	601	257
富山発	603	258
	↓	↓
敦《つる》賀《が》着	843	545
敦賀発	852	548
	↓	↓
京都着	1005	709
新大阪着	1039	741
大阪着	1046	748

「ごらんのように、『日本海2号』は、午前二時五七分に、富山に着きます。まさか、こんな深夜に、列車には乗らないだろうと思うのです。それに、脇坂は、十二時に、六角堂で会いたいといっています。『日本海4号』の京都着は、一〇時〇五分ですから、十二時にというのは、無理なく受け取れるんじゃないかと思いますね」

「そのほかに、『日本海4号』だという証拠はあるんですか？」

「証拠というほど強力なものじゃありませんが、脇坂の上衣《うわぎ》のポケットに、これが入っていましてね」

小野は、折りたたんだ紙片を取り出し、それを、机の上に広げた。

きれいな駅弁の包装紙だった。

「日付は今日になっていて、敦賀駅で売っている鯛《たい》ずし弁当の包装紙です。『日本海2号』は、敦賀に五時四五分に着き、三分間停車しますが、京都に、七時に着くのに、駅弁を買って食べたとは思えません。京都に着いてから、ゆっくり朝食をとればいいわけですからね。一方、『日本海4号』は、一〇時〇五分にならなければ、京都に着きません。それに、寝台特急『日本海』には、食堂車がついていないのです。もう一つ、『日本海4号』のほうは、敦賀駅に八時四三分に着き、九分間も停車するんです。脇坂和男も、その間にホームに降りて、この駅弁を買い、朝食にしたものと思います」

「なるほど」

と、十津川は、うなずいてから、

「それでは、家内に会わせてもらえませんか」

5

十津川は、小野に、田口病院へ案内された。

直子は、ベッドの上に起き上がっていた。

小野は、気を利《き》かせて、廊下で待っていましょうといってくれた。

十津川は、途中で買ってきたバラの花束を、枕元の花びんにいけた。直子は、花を眼で追いながら、

「ありがとう。きれいだわ」

「君が、意外に元気なんで、ほっとしているんだよ。大変な目に遭《あ》ったね」

十津川は、枕元に腰を下ろして、妻にいった。

「すみません」

「君があやまることはないさ。君は、巻き込まれたんだ」

「でも、ここの警察は、私が無理心中を図って、脇坂さんを殺し、自分も死のうとしたんだと思っているみたいだわ」

「そうらしいね」

「ぜんぜん、違うわ」

「わかってるよ。君は、そんなことはしない。旅館に伝言があって、君が、今日の昼に、六角堂へ行ったことは、府警の小野警部に聞いた。そのあと六角堂で待っているとき、いきなり、クロロホルムを嗅がされたそうだね？」

「そうなの。十二時五分過ぎごろ、六角堂に着いたんだけど、脇坂さんは、まだ来ていなかったので、境内の写真を撮っていたわ。そうしたら、いきなり、布を顔に押しつけられて。あれは、クロロホルムだわ。気絶してしまって、気がついたら、左手首を切られて、血が流れていた。痛さで気がつかなかったら、あのまま、死んでいたわ。そう思うと、ぞっとするの」

直子は、蒼《あお》い顔でいった。

「男と女が、モーテルで死んでいて、しかも、昔、夫婦だったとなると、警察も、新聞も、心中事件だと考えるだろうね」

「今だって、ここの警察は、そう思ってるみたい。私が、脇坂さんを殺して、自分も、手首を切って、死のうとしたが、死に切れなかったと。とんでもないわ」

「二つ考えられるね」

「どんなふうに？」

「脇坂さんが、今でも君に未練があって、君を、強引にモーテルに連れ込んで、無理心中を図ったという推理が一つ。彼が、君と一緒に撮った写真を二枚も持っていたことから、君に、未練があったことは、想像がつくが、しかし、これは、違うようだな。彼は、くびを絞められ、そのうえ、胸を刺されて死んでいる。自分で、あんな真《ま》似《ね》はできない」

「じゃあ、誰かが、心中に見せかけて、私と脇坂さんを殺そうとしたというの？」

「おそらくそうだと思うね。問題は、犯人が、君を狙ったのか、それとも脇坂さんを狙ったのかということだね」

「犯人を見つけるのは、難しそうね」

「だが、絶対に、見つけてやるよ。君を犯罪人になんかできないからね。大丈夫だよ。私に任《まか》せておきなさい」

十津川は、直子を安心させるように、微笑してみせた。

「あなたを信頼してるから安心だけど、一つだけ、困ってることがあるの」

「何だい？」

「手首に傷跡が残ったら困るわ」

「じゃあ、その傷がかくれるような素敵なブレスレットを買ってあげるよ」

と、十津川は、いってから、

「何かいい忘れていることはないか？　今度の事件のことで」

「そうね。一つあったわ。脇坂さんの伝言の中に、あなたのことで、大事な話があるという言葉があったのよ。それが、何だか気になって、それで、六角堂へ会いに行ったんだわ」

と、直子は、いった。

6

十津川は、病院を出た。

直子には、すぐ犯人を見つけてやるから安心しろといったが、この事件の解決が、容易でないことは、十津川にもわかっていた。

京都で起きた事件だから、部下に来てもらうわけにはいかない。京都府警は、明らかに、直子が、昔の男と無理心中を図って、死に切れずに助けを求めたと考えているから、十津川のいうことを信じて、捜査してくれるとも思えないからである。

十津川は、ひとりで、直子を罠《わな》にはめた犯人を見つけ出さなければならない。それも、京都府警に、遠慮しながらである。

「使われたナイフを見せてもらえませんか」

十津川は、府警本部に戻ってから、小野にいった。

時刻は、すでに、深夜である。

血糊《ちのり》のついたジャックナイフが、持ち出された。

「指紋はどうです？」

十津川が、きいた。

「柄《つか》の部分に、奥さんの指紋が、べったりついていましたね。しかし、このナイフは、奥さんが買ったとは思っていません。脇坂和男のものだと思います。心中も、男のほうから迫ったのかもしれない。その点で、われわれも、奥さんを、単なる加害者とは考えていないのです」

「家内は、何者かに、はめられたんです」

「十津川さんが、そういわれる気持ちは、わかりますがねえ」

小野は、難しい顔をした。無理もないと、十津川も思う。モーテルで、男女が、半裸で血に染まっていたら、誰だって、心中事件と思うだろう。しかも、二人は、十年前に結婚した仲であり、別れたあとも、男のほうが、未練を持っていたのだから。

しかし、直子は、はめられたのだ。

「脇坂和男は、くびを絞められたうえ、胸をナイフで刺されていたそうですが、その点は、どう解釈しているわけですか？　心中なら、胸を刺すだけで、よかったんじゃありませんか？」

「脇坂が、奥さんを、強引にモーテルに連れ込んで、心中してくれといったんじゃないか。奥さんは、もちろん、拒否する。そこで、脇坂は、奥さんを脅《おど》したんじゃないかと思うんですよ。十津川さんに、あることないこと話してやるといって。奥さんは、カッとして、脇坂のくびを絞めた。彼のネクタイが、よじれて、死体の傍に落ちていましたから、それで、絞めたものと思いますね。奥さんは、そのあと、息を吹き返されては困ると思って、脇坂のナイフで、彼の胸を刺したが、我に返ったとき、自分のしてしまったことに驚いて、自分の手首も切ったと、解釈しています。脇坂和男の遺体は、解剖にまわされていますから、直接の死因が、わかるはずです」

「家内は、六角堂の写真を撮ったといっていましたが」

「ええ。フィルムは、こちらで現像しました。確かに、午前中に行ったという詩仙堂と、六角堂の写真が出ました。したがって、脇坂とは、六角堂で落ち合い、タクシーで、あのモーテルに行ったと思います。目下《もっか》、そのタクシーを探しているところです。ところで、今夜、お泊まりになるところは、決まっているんですか？」

「今夜は、家内のところにいてやろうと思っています」

7

午前一時過ぎに病院に戻った十津川は、足音を忍ばせて、病室に入って行った。

直子は、眠っている。起こさないように、椅子に腰を下ろし、小野警部から預かってきた写真を見ていた。

二十分ほどして、急に、直子が眼を開いて、「あッ」と、小さな声をあげた。

「来てくださっていたのね」

「君の撮った写真だ。よく撮れているよ」

「ありがとう」

「嫌でなかったら、脇坂和男さんのことを話してくれないかね。今度の事件を解決させるには、どうしても、必要なことだからね」

「いいわ。どんなことを話せばいい？」

「富山というのは、彼の郷里なの？」

「ええ。彼の家は、富山では、大変な資産家なの。ただ、家族が複雑で、脇坂は、それに嫌気がさして、東京へ出てきて、働いていたらしいんだけど」

「どう複雑なのかな？」

「私も、彼と一緒に富山へ行ってみてわかったんだけど、彼のお父さんは、いくつかの地元企業の役員をやり、そのほかに、市会議員までやっている名士で、資産は、二十億とも三十億ともいわれているわ。ただ、女ぐせの悪い人で、奥さん、つまり脇坂のお母さんだけど、奥さんが死ぬと、二号さんを、すぐ後妻にして、家へ入れたのよ。その女性には、子供もいたわ」

「つまり、脇坂和男の異母兄弟というわけだね？」

「ええ。確か、男の子が二人いたわ。男の子といっても、もう二人とも、二十歳《はたち》過ぎの大人だったけど。私が、脇坂と富山に行ったら、財産目当てでやってきたのかって眼で睨《にら》まれたのを覚えてる。脇坂も、それが嫌で、めったに、富山へ帰らなかったんだけど」

「その富山へ帰ったところをみると、何か、一身上《いっしんじょう》の変化があったのかもしれないな。例《たと》えば、父親が亡《な》くなったというような」

「そうかもしれないわ。彼のお父さんは、やり手だったけど、血圧が高いといっていたから」

「そうだとすると、脇坂和男は、遺産相続が原因で、殺されたということも考えられる。ただ殺したのでは、動機や、犯人が、すぐ割れてしまうので、別れた君を利用して、無理心中に見せかけて殺したのかもしれない。後妻の女性と、二人の子供のことを、くわしく話してくれないか」

十津川は、手帳を取り出した。

「確か、後妻におさまった人は、信子《のぶこ》という名前で、私と脇坂が富山へ行ったときは、四十五、六歳だった。色の白い、なかなかの美人で、年齢《とし》より若く見えたわ。今は、五十五歳ぐらいね。男の子二人は、確か、俊彦《としひこ》と竜也《たつや》だったわ。今は、俊彦のほうが三十三、四、竜也のほうが、三十一、二じゃないかな。二人とも、背の高い青年だった」

「仕事は、何をしていたの？」

「俊彦のほうは、昔、国鉄《こくてつ》で働いていたらしいんだけど、私が脇坂と訪ねたときは、もう、やめてしまって、家で、ぶらぶらしていたわ。なんでも、弟の竜也と、お父さんが経営している海産物の会社を手伝うことになっていると聞いたわ。その会社は、従業員が四百人くらいの大きな会社で、富山地方の海産物を、全国にある系列店に運んで売るんだけど、二人は、お父さんに頼んで、会社の重役か、支店長にしてもらうつもりみたいだったわね。だから、今は、その地位についてるんじゃないかしら」

「関西にも支店があって、兄弟のどちらかが、支店長になっていたら、彼が、脇坂和男を殺した可能性もある」

「そうだわ。その可能性があるわ」

「明日、富山へ行って、調べてくるよ」

と、十津川は、いった。

8

翌朝、十津川は、京都を、午前八時一二分に発車する特急「雷鳥《らいちょう》3号」で、富山に向かった。富山に着いたのは、一一時三五分である。

ここに来てわかったのは、やはり、和男の父親、脇坂晋一郎《しんいちろう》が、脳溢血《のういっけつ》で一カ月前に死亡していたことだった。

七十四歳で死んだ晋一郎は、直子がいったように、市会議員を長くつとめ、いくつかの会社も経営していた名士だった。

富山地方には、晋一郎が社長をしていたという「脇坂物産」のビルがあった。七階建の堂々たるビルで、今は、未亡人の信子が、社長だという。

十津川は、彼女の二人の息子について、聞き込みをやってみた。

兄の俊彦は、現在、この「脇坂物産」の販売部長で、三十四歳。

弟の竜也は、新大阪にある関西支店の支店長で、二歳年下の三十二歳。こちらは、独身だという。

新大阪と京都間は、電車で三十分の距離でしかない。竜也が、京都駅で待ち受けていて、脇坂和男を、モーテルに連れ込み、殺したのかもしれない。

動機はもちろん、莫大《ばくだい》な遺産だ。直子は、二、三十億円といったが、富山で聞いたところでは、その倍の六十億円はあるだろうという。動機としては、十分だし、兄弟といっても、異母兄弟である。

富山に来てみて、もう一つ、十津川が、不審に感じたことがあった。

それは、殺された脇坂和男が、なぜブルートレインの「日本海」を利用して、京都へ行ったかということだった。

「日本海2号」も、「4号」も、寝台特急で、全車が、寝台客車である。午前七時になると、寝台は解体されて、普通の特急になってしまうが、「日本海2号」、「4号」

が、富山を出るときは、二時五八分と、六時〇三分で、まだ、寝台は解体されていないのだ。

特に、「日本海4号」の場合は、富山で乗って、一時間後に、寝台は、解体されてしまうのである。そんなせわしいブルートレインに、なぜ、乗ったのか？

富山から京都へ出るのなら、「日本海」に乗らなくても、「雷鳥」というL特急が、ほぼ、一時間ごとに出発しているからである。

「2号」と「4号」なら、十二時までに、京都に着ける。「雷鳥」なら、寝台特急ではないから、寝台券なしに、気楽に乗れる。それに、「日本海」より、早く着くのである。

脇坂和男が、ブルートレインのファンでもあれば別だが、それらしい話も聞かれなかった。

しかも、たまたま、その時刻に、「日本海」が来たので乗ってしまったのではない。前日の夜、電話で、明日の「日本海」で、京都に行くと、伝言したのである。

なぜ気楽に乗れる「雷鳥」にしなかったのだろうか？

八時二〇分に富山を出る「雷鳥6号」でも、一一時四八分に京都に着く。京都駅から六角堂までは、タクシーで、七、八分しかかからないから、十二時には、十分に間に合うのである。

	雷鳥6号	雷鳥4号	雷鳥2号
富　　山発	820	(金沢 807)	648
	↓	↓	↓
敦　　賀着	1040	940	910
敦　　賀発	1042	942	912
	↓	↓	↓
京　　都着	1148	1048	1018
新　大　阪着	1219	1119	1049
大　　阪着	1225	1125	1055

脇坂和男のことも、聞き込みをしてみた。
彼は、一カ月前、父の晋一郎が死んだとき、東京から、富山へ帰ってきた。
彼の高校時代の友人の一人に会って、食事をしながら、話を聞くことができた。

「彼は、父親や、継母《ままはは》と気が合わなくて、東京でサラリーマンになったんですが、その父親が死んでからは、気が変わったのか、脇坂物産の副社長になりましたよ。継母や異母兄弟に、財産を乗っ取られるのが、癪《しやく》に障《さわ》ったんじゃありませんか。彼らのやり方は、えげつないってことですから」

その友人は、この地方の名物であるイカの黒作りを、美味《うま》そうに口に運びながらいった。イカの漁期は、四月から七月にかけてだが、今は、冷凍技術が発達したので、いつでも食べられるのだという。

「彼は、再婚していなかったんですか？」

「ええ。それだけ、別れた奥さんに、未練があったんじゃありませんか。今日のテレビのニュースで、その女《ひと》と、京都のモーテルで、無理心中したというのを知って、やっぱりと思いましたね」

山田《やまだ》というその友人は、肩をすくめるようにしていった。

「彼と、最後に会ったのは、いつですか？」

「それが、一昨日《おととい》の夜なんですよ」

「一昨日というと、十月六日ですか？」

「ええ」

「時間は?」

「夜の九時ごろでした。ああ、この店で、一緒に酒を飲んだんですよ。このイカの黒作りを肴《さかな》にしてね」

「そのとき、明日、京都へ行くようなことはいっていましたか?」

「いや。ぜんぜん。もっとも、別れた奥さんに会いに行くなんてことは、いうはずもありませんがね」

「じゃあ、どんな話をしたんですか?」

「主に、事業の話をしてましたね。それに、継母なんかと、うまくいってないこともね」

と、山田は、いった。

黒作りは、イカの切り身に墨袋《すみぶくろ》を加えて作った塩辛である。これは富山県の特産で酒の肴に絶好である。

十津川も、少し酔って、山田と別れた。

9

十津川が、京都へ戻ったのは、陽《ひ》が落ちてからだった。

死んだ脇坂和男の解剖は、すでに終わっていて、その結果を、小野警部が、教えてくれた。

「直接の死因は、窒息でした。つまり、くびを絞められたとき、すでに死亡していたわけです。奥さんは、まだ死んでいないと思って、そのあと胸を刺したんでしょう」

「死亡時刻が、この報告書には、書いてありませんね」

十津川がいうと、小野は、

「それは、モーテルの従業員が発見した直前ということだから、べつに、調べなかっただけですよ」

「解剖した医者に、調べるようにいってくれませんか」

「なぜです？」

「直接の死因が、絞殺だとすると、別の場所で、絞殺しておいてから、モーテルに運んだことも、十分に考えられますからね」

「じゃあ、これから、解剖した大学病院へ行きましょう」

小野は、少し意地になった表情でいった。

二人を迎えた大学病院の守田《もりた》という医者は、当惑した顔で、

「どうも、確定が難しいのですよ」

「なぜです？」

十津川がきいた。

「死亡時刻は、いろいろな要素から推定するわけですが、今回の場合は、相矛盾《あいむじゅん》するような数値が出てくるのですよ。死体があった場所が、極端に寒かったとか、暑かったということは、なかったですか？」

守田医師が、逆に、小野にきいた。

「モーテルの部屋は、ヒーターがつきっ放しで、暑かったといっています。昨日《きのう》は、むしろ、十月にしては、暖かい日だったんですが」

「そうですか。確定はしにくいんですが、一応、十月七日の午前七時から八時までの間とみているのです」

「七時から八時？」

十津川と、小野が、顔を見合わせたのは、二人とも、脇坂和男が、「日本海４号」

で、富山から京都へ来たと考えていたからである。

「日本海4号」は、午前六時〇三分に、富山を出発する。つまり、脇坂和男は、列車内で、殺されたことになってしまうのだ。

「その時間には、自信がないといわれましたね？」

小野が、あわててきいた。直子が犯人でなくなってしまうことが考えられたからである。

「その通りです」

と、守田医師は、うなずいた。

「じゃあ、胃の中の内容物がどんなものだったか教えてくれませんか」

「ここにメモしてあります。アルコール分。イカの肉片、それに枝豆。これでみると、死亡する二時間以内に、イカを肴に、それに、枝豆も食べながら、酒を飲んだということになりますね」

「そのイカは、イカの塩辛ということは、考えられませんか？」

十津川が、きいた。

「考えられますね」

と、守田医師がいう。

十津川は、富山で会った山田の言葉を思い出していた。

彼は、十月六日の午後九時ごろ、脇坂和男と、イカの塩辛（黒作り）を肴に、酒を飲んだといったのである。枝豆は、十津川が食事をしたときも出たから、たぶん二人のときも出ただろう。

胃の内容物は、そのときのものではないのか。しかし、二時間で、だいたい消化されてしまうから、脇坂和男は、その日の午後十一時までに、殺されたことになってしまうのだ。

「死亡推定時刻の午前七時から八時というのは、確定したものじゃないんですね？」

と、十津川は、念を押した。

「そうです。おそらく遺体が、ひどく暑いところか、冷たい場所に置かれていたために、死亡時刻を推定するのが、むずかしくなってしまったのだと思いますね」

守田医師は、首を小さく振った。

大学病院を出たところで、小野は、改まった口調でいった。

「奥さんは、明日の午後には、退院できるそうです。そのときには、殺人容疑で、逮捕せざるを得ません」

急がなければならなかった。

10

十津川は、新大阪へ飛んだ。京都から、新幹線に乗り、新大阪に着いたのは、午後七時〇二分である。

脇坂物産の関西支店は、駅から、歩いて十二、三分のところにあった。店は、まだ開いていて、店頭には、例のイカの塩辛なども並べてあった。

店は、九時までやっているという。

十津川は、近くの公衆電話ボックスに入り、電話帳で、脇坂竜也の名前を探した。(脇坂物産)というカッコつきで、脇坂竜也という名前が見つかった。

住所は、新淀川《しんよどがわ》を渡った大淀区《おおよど》(現・北区《きた》)内のマンションになっている。電話をかけてみたが、誰も出なかった。

タクシーで、そのマンションに、急いだ。

店の終わる九時まで、脇坂竜也が、帰ってこないことを祈りながら、管理人に、警察手帳を示して、彼の部屋を開けてもらった。

違法であることは、知っていた。が、時間がなかった。たとえ一時《いっとき》であれ、妻の直子に、手錠を、かけさせたくないのだ。

脇坂竜也の部屋は、六階にあった。

管理人と一緒に、部屋に入った。

明かりをつけて、３ＬＤＫの部屋を見まわす。竜也が兄の俊彦と共謀して、和男を殺した証拠をつかみたかった。

しかし、なかなか、見つからない。

電話の傍へ行ってみると、横に置かれたメモ帳に何か書いてあった。

〈十月七日。「日本海」で、和男を送る。九：〇〇着の予定。一〇：〇〇ごろ、駅へ行くこと〉

走り書きの文字である。

たぶん、電話を受けながら、メモしたのだろう。

その電話の相手は、おそらく富山にいる兄の俊彦に違いない。

（和男は、やはり、「日本海」に乗ったのだ）

と、うなずく一方で、十津川は、首をかしげてしまった。

十時ごろ駅へ行くことというのはわかる。「日本海4号」の京都着が、一〇時〇五分だからである。十時に京都駅に行って、待っていて、降りてくる和男を迎え、どこかで、絞殺したあと、問題のモーテルに運ぶということだと、想像がつくからである。

わからないのは、「九時着の予定」という言葉である。「日本海4号」は、八時四三分に敦賀に着き、八時五二分に発車する。敦賀から京都まで停車しないから、九時といえば、線路上を走っているはずである。

十津川は、手帳に、書き写してから、管理人に口止めをして、廊下へ出た。

少しずつ、事件は解決に向かっているような気もするが、逆に、不可解な謎《なぞ》が、増えていくだけのような気もするのだ。

新大阪駅へ戻り、新幹線に乗った。

列車の中で、手帳を出し、今までに、わかったことや、疑問点を、書き並べてみた。

①脇坂和男は、「日本海」で、京都にやってきた。

②異母弟の俊彦が、それを、新大阪にいる竜也に、電話で知らせた。
③竜也が、和男を絞殺して、モーテルへ運び、そこへ、直子も、運び込んで、無理心中に見せかけた。
④しかし、なぜ、「雷鳥」でなく、「日本海」にしたのか？
⑤午前九時に、「日本海2号」「4号」とも京都には着かない。それなのに、なぜ、九：〇〇着と、メモしてあったのか？
⑥犯人は、なぜ、脇坂和男を絞殺したうえ、さらに、胸をナイフで刺したのか？
⑦行政解剖した医師が、死亡推定時刻を出すのが難しいといったのは、なぜなのか？
⑧和男の胃の中に、なぜ、イカの肉片と、アルコール、枝豆があったのか？

そうした推測や、疑問を書き並べているうちに、列車は、京都に着いた。

十津川は、駅近くの書店で、時刻表と、ブルートレインの写真集を買って、田口病院へ向かった。

直子は、まだ起きていた。

「これが、問題の『寝台特急日本海』だよ」

と、十津川は、写真集を広げて、直子に見せた。

ＥＦ81形電気機関車に牽引《けんいん》されて、夜明けの北陸路を走る「日本海」。波の形を図案化したテールマークをつけて、夜の駅に停《と》まっている「日本海」。いくつかの写真が、そこに並んでいる。ブルーの客車寝台が、美しい。

「『寝台特急日本海』は、青森と大阪間、一〇二三・五キロを結ぶブルートレインだ。日本海沿岸を走るので、『日本海』という名前がついている。『1号』、『3号』が下りで、『2号』、『4号』が上りだ。『1号』と『4号』は、二段式のB寝台車を十一両牽引している。『2号』と『3号』は、三段式のB寝台車を十両牽引している。大阪と青森との間の所要時間は、約十五時間半だよ」

「一度、乗ってみたいわ」

「まあ、そのうちに乗ってみよう。脇坂和男は、『日本海4号』に乗ったと思われるんだが、乗ったにしては、不自然なことが、次々に出てくるんだよ」

十津川は、脇坂竜也のマンションで手帳にメモしてきたのを、直子に見せた。

「これの九：〇〇京都着がおかしいのね？」

「そうだ。『日本海4号』は、一〇時〇五分に京都に着くんだし、『2号』のほうは、七時〇九分で、九時じゃないんだ」

「でも、このメモだと、竜也が、兄の俊彦と共謀して、『日本海』でやってくる和男さんを待ち受けていて、殺したと推測できるわ」

「その通りだが、推測だけでは犯人と断定できないんだ。それに、今もいったように、九時に着く『日本海』という列車はない。そこが、ネックだね」

「でも、和男さんは、敦賀で売られている鯛ずしの包装紙を持っていたんでしょう？」

「ああ、でも、駅弁の包装紙なんかは、簡単に手に入るんだよ。北陸方面から京都、大阪へ来る列車の車内を探せば、敦賀の鯛ずしの包装紙なんか、乗客が捨てたのを、いくらでも、拾うことができる。だから、『日本海』に乗っていたという証拠にはならないんだ」

「でも、今度の事件で、『日本海』という列車の名前しか聞こえてこないわ。十月六日に、旅館にあった伝言も、『日本海』だったし、竜也のメモにも、『日本海』とあったんでしょう」

「そうだ。しかし、『日本海2号』でも、『日本海4号』でも、どこか、ぴったりしないんだよ」

「臨時列車が出たんじゃないかしら？　秋季だけ、臨時の『日本海』が出たという。

その臨時の『日本海』は、午前九時に、京都に着くんじゃないかしら？」

「違うね。臨時列車でも、時刻表に載《の》るし、今日、念のために、京都駅できいてみたが、臨時の『日本海』という列車は、出ていないんだ」

「これじゃあ、まるで、私たちの知らない幽霊列車があるみたいね。時刻表に出ていないるブルートレインの『日本海』じゃない『日本海』という列車が」

「その列車は、午前九時に、京都に着くというわけだが、そんな列車があるんだろうか？」

「あるとすれば、今度の事件の謎が解けるわけでしょう」

と、直子は、いってから、十津川の手帳を、もう一度、見ていたが、急に、「あらッ」と、声をあげた。

「これ、竜也のメモを、そのまま写してきたわけ？」

「一字一句違《たが》わずに、引き写してきたつもりだが、どこか、おかしいところがあるかい？」

「ここ、おかしいわ。『日本海』で、和男を送ると、書いてあるでしょう。普通なら、和男は、『日本海』に乗るというべきだわ。これじゃあ、まるで、荷物でも送るみたいだもの」

「確かにそうだ」

十津川は、眼を光らせてうなずくと、急に、立ち上がった。

「どうなさったの？」

「ちょっと出かけてくる」

「でも、もう遅いわ」

「まだ十時前だよ。君のために、どうしても調べておきたいことが出てきたんだ」

11

十津川は、タクシーを拾って、京都駅へ急いだ。

時刻表に載っていないもう一つの列車のことを、思い出したのだ。

駅の案内所で、警察手帳を見せ、

「貨物列車の時刻表はありませんか？」

「貨物列車ですか？」

と、そこにいた係員が、眼鏡《めがね》の奥から、細い眼で、不審そうに、十津川を見た。

「そうです。貨物の時刻表です」

「ここにはありませんね。この駅じゃあ、貨物は、扱っていませんから」

「京都は、どこで貨物を扱っているんですか？」

「梅小路《うめこうじ》の貨物駅です。蒸気機関車の博物館（現・京都鉄道博物館）のある梅小路です。あなたが行かれることを連絡しておきましょう」

と、いってくれた。

梅小路の貨物駅まで、車で、五、六分だった。タクシーで行くと、駅長が待っていて、すぐ、二階の駅長室へ通された。

小太りの小林《こばやし》という駅長は、自分の机から、貨物列車時刻表を取り出して、見せてくれた。大きさは、Ａ５判で、普通の時刻表より、やや薄い。

「市販されていませんね？」

と、十津川がきくと、

「一般の本屋には売っていませんが、国鉄の貨物取扱駅や、運送会社などは、持っています。大改正のあったときだけ出しますから、一般の人が知らなくても、無理はありませんね」

「貨物列車にも、愛称がついているんじゃありませんか？『日本海』とか、『雷鳥』とかです」

「いや、ついていませんね。列車番号だけです」

「ついていないんですか」

十津川が、がっかりして、肩を落とすと、小林は、

「今はついていませんが、昔、つけていた記憶がありますよ。ちょっと待ってくださ
い」

といい、キャビネットから、古い時刻表を持ち出した。

「これは昭和五十年の貨物時刻表ですが、見てください」

小林の開いたページを見て、十津川は、「やはり」と、思った。

そこに、「日本海11号」から、「日本海15号」まで、ずらりと並んでいたからであ
る。

今から、八年前の貨物時刻表である。脇坂俊彦は、そのころ、国鉄にいたのではな
いか。

「今は、この愛称はなくても、北陸からこの駅へ来る貨物列車はあるわけでしょう?

富山を出発して、この駅に、午前九時に着く貨物列車です」

「ありますよ」

小林は、新しい時刻表の「日本海縦貫線」のページを開けてくれた。

確かにあった。

この貨物列車を、俊彦と竜也は、貨物の「日本海」と、呼んでいたに違いない。昭和五十年ごろにならって。

この貨物列車は、九時に梅小路へ着き、一〇時二四分まで停車している。だから、このメモに、十時ごろに、取りに行けばいいと書いたのだろう。

貨物列車「日本海縦貫線」

	快速
富山	2336
↓	
金沢	（326）
↓	
南《みなみ》福《ふく》井《い》	（450） （528）
↓	
敦賀	（631） （658）
↓	
梅小路	900 1024
↓	
吹《すい》田《た》	056

（　）は積み下ろしのみ

それに、貨物列車なら、冷凍車もついているに違いない。

富山にある脇坂物産は、海産物を全国に販売するのだから、当然、冷凍庫を持っているはずだ。

十月六日、脇坂和男は、友人と、イカの塩辛を肴に、酒を飲んだ。その直後、俊彦が、彼を襲い、絞殺して、冷凍庫に放り込んだ。だから、彼の胃の中には、イカと枝豆と、アルコールが残っていたのだ。

俊彦は、凍らせた死体を、箱につめ、海産物のように見せかけて、富山駅から、貨物列車に乗せた。もちろん、冷凍車に。そして、新大阪の竜也に、「日本海」で、送ると連絡した。死体は、すでに物体にすぎないから、送るといったのだろう。

竜也は、翌日の午前十時に、この梅小路駅で、死体の入った箱を受け取り、車で、モーテルに運んだ。今度は、急いで解凍しなければならない。そこで、部屋を暑くしたのだ。

そうしておいてから、竜也は、十二時になると、六角堂に行き、和男を待っている直子に、いきなりクロロホルムを嗅がせて気絶させ、同じモーテルに運んだ。

次に、ナイフで和男の胸を刺し、直子の手首を切った。

死んでいる和男の胸を刺したのは、血を噴き出させ、直子と同時に死んだと見せかけるためだろう。冷凍したり、暖めたりしたのだから、解剖した医者が、死亡推定時刻の決定に迷ったのも無理はない。

京都の旅館に伝言したのも、和男本人ではなかったに違いない。彼は、おそらく直子が京都に来ていることも知らなかったろう。

伝言したのは、竜也だ。直子の近況を、事前に調べておき、東京のサン・デザイン工房に電話して、直子が、京都の旅館に来ているのを確かめてから、あの旅館を見張り、直子が、外出したときを狙って、和男の名前で、伝言を頼んだ。十津川のことで話があるといったのは、直子を、どうしても、六角堂に来させたかったからだろう。

「この貨物時刻表を、お借りして、いいですか？」

と、十津川は、きいた。

「いいですが、それが、何か役に立ちますか？」

「人が一人救われます」

と、十津川は、いった。

家内がといわなかったのは、十津川の照れである。

『オール讀物』１９８２年12月号初出

解説　十津川《とつがわ》警部の妻・直子《なおこ》への「愛」が垣間《かいま》見える作品

小梛治宣《おなぎはるのぶ》（目黒日本大学学園理事長・文芸評論家）

本書は、書名からも明らかなように、十津川《とつがわ》警部の妻、直子《なおこ》が直接事件にかかわりをもつ、「百円貯金で殺人を」を含む四つの短編から構成されている。ところで、直子が、初めて登場した作品といえば、長編『夜間飛行《ムーンライト》殺人事件』（初刊一九七九年光文社　現・光文社文庫）である。その冒頭が、十津川と直子の結婚披露宴のシーンなのである。

〈式の間、十津川一人が照れていた。七月二十一日。大安吉日である。

四十歳で、初婚だから無理はない。捜査一課の敏腕警部も、冷や汗のかき通しだった。

そんな十津川に比べると、花嫁の直子は、三十五歳でも、再婚だから、終始、落着き払っていた。〉

ちなみに、見合い結婚だった二人の仲人《なこうど》は、上司の本多《ほんだ》捜査一課長であった。十津川が五年前に許嫁《いいなづけ》を亡《な》くしたことも、本多の祝辞から明らかになるのだが……。

式のあと、二人は新婚旅行先の北海道《ほっかいどう》で、三組の新婚カップルが、相次いで失踪《しっそう》する事件に遭遇する。この事件が、直子が直接かかわることになった最初の事件ということになる。

その後、直子は、シリーズの短編の中にちょくちょく顔を出し、好奇心旺盛な、賢《けん》夫人《ぷじん》ぶりを読者に見せてくれてもいるが、ときには危険に身を晒《さら》すことも、あるいは容疑者として逮捕されてしまうこともあった。例《たと》えば、長編『豪華特急トワイライト殺人事件』（初刊一九九二年新潮社）では、久しぶりに休暇を得て、北海道旅行を楽しんだ十津川夫妻が、帰路は、寝台特急「トワイライト・エクスプレス」で大阪《おおさか》まで出ることにしたのだが、その車内で殺人事件に遭遇する。同時に、十津川の捜査にプレッシャーをかけるために、直子が拉致《らち》されてしまう。そうしたとき、十津川警部が見せる「夫」としての顔も、読者にとっては大いなる楽しみの一つであろう。

では、本書に収録されている、それぞれの作品について簡単にふれておこう。

「百円貯金で殺人を」　全国の郵便局をまわって百円ずつ貯金をして、通帳に記帳してもらう郵便局めぐりのマニア、いわゆる局メグを趣味にしていた女性が、湯河原《ゆがわら》で殺害された。彼女と一緒に局巡りをしていた女性も姿を消してしまっていた。この事件を新聞で知った直子は、二年前に友人の父親が局長をしている湯河原の駅前郵便局で起きた事件を思い出していた。

二年前、その駅前局に強盗が入り、百万円が強奪された。このとき直子は、友人を訪ねて行って事件に遭遇していたのだ。今回の事件の被害者も駅前局を訪れて百円貯金をしていたことを知った直子は、友人のことが心配になり、二年ぶりに湯河原に向かった。友人の態度に不審を抱《いだ》いた直子は、二年前の事件と今回の事件との間に繋《つな》がりがあるかどうかを追っていくうちに、二年前の事件の意外な真相にたどり着くのだが……。果たして、それが今回の事件とどう結び付くのか。湯河原といえば、作者が暮らした土地でもある。そこで直子が活躍するというところにも本作の面白《おもしろ》さがある、と私には感じられるのである。

「特急あいづ殺人事件」　友人が猪苗代湖畔《いなわしろこはん》に建てたペンションに招待された直子は、特急あいづのグリーン車で出かけた。ところが、その車内で、しかも直子の目前で殺人事件が起こった。胸にナイフが突き刺さった若い女は、駆け寄った直子に「アキ――」という言葉を残して、間もなく息を引き取った。このダイイングメッセージは何を意味するのか。被害者はルポライターだったらしい。とすれば、何かの事件を追いかけていたとも考えられる。

十津川は、被害者が調べていた人物を探《さぐ》り当てたのだが、なんとその人物の別荘が、直子が滞在している猪苗代湖のペンションの近くにあるというのだ。被害者はそこを訪ねようとしていたらしい。猪苗代湖に出向いた十津川は、その別荘で死体を発見することになるのだが……。

直子の目前で事件が起こる作品には、他にも「お座敷列車殺人事件」（初収録・『極楽行最終列車』文藝春秋、現・『十津川警部捜査行　伊豆箱根《いずはこね》事件簿』実業之日本社文庫、『十津川警部　郷愁のミステリー・レイルロード』徳間文庫）がある。直子がスーパーの福引きで下田《しもだ》まで行くお座敷列車の旅を当てる。同じく当選した友人と一緒に乗り込んだのだが、直子がカラオケ大会で唄《うた》っている間に友人の姿が消え、やがて死体で発見される。この作品では、凶器に直子の指紋が付いていたことから、直子自身が容疑者にされてしまうのであるが。

「愛犬殺人事件」　直子が二カ月前に拾って育てていた雑種犬の〝のりスケ〟が、突然いなくなってしまった。十津川も協力して、捜《さが》しまわったが、どこに行ってしまったのか、その行方《ゆくえ》は皆目《かいもく》分らない。野犬の収容される東京都動物管理事務所（現・動物愛護相談センター）で、直子はようやくのりスケに再会することができた。ところが、そこには、のりスケのガールフレンドであるジュリエットも収容されていたのだ。二匹とも連れ帰ってきた直子は、近くの公園で見かけたことのあるジュリエットの飼い主を捜すことにした。だが、間もなくして、飼い主と思われる老人が、晴海埠《はるみふ》頭《とう》で死体となって発見され、事件の背後にアサミという若い女性が浮かび上がってきた。十津川は、直子にそのアサミのことを調べてほしいと頼むのだが……。

　直子も十津川も共に動物好きらしく、「恋と復讐の徳島《とくしま》線」（初収録・『恋と裏切りの山陰本線』文藝春秋、現・『十津川警部捜査行　湘南《しょうなん》情死行』双葉文庫）では、十津川が「猫を飼おうかと思ってね」と言うと、二日後には直子がメスのシャムをデパートに行って買ってくるシーンが描かれている。また、長編『伊《い》勢《せ》路《ルート》殺人事件』（初刊二〇〇八年徳間書店、現・集英社文庫）では、十津川家の同居人として生後一年六カ月の、ゴールデンレトリバーのメスがいることが明かされてもいる。直子が一年前に、スーパーの屋上にあるペットコーナーで目が合ったので、買ってしまったらしい。子供のいない十津川夫妻にはペットが欠かせないのかもしれない。

「夜行列車『日本海《にほんかい》』の謎《なぞ》」　京《きょう》都《と》にインテリア・デザインの仕事でやってきていた直子に、別れた夫から会いたいという電話が入った。直子の留守中に旅館に伝言されていたのだ。十津川のことで大事な話があるという。

　翌日、待ち合わせ場所の六角堂《ろっかくどう》で、直子は何者かにクロロホルムを嗅《か》がされ、気を失ってしまった。気が付いたとき、直子には苛酷《かこく》な運命が待ち受けていた。なんと、殺人の濃厚な容疑がかけられていたのだ。十津川は、妻の容疑を晴らすため、必死に事件の真相に迫っていく。

この作品は、直子が最大の危機に見舞われるという点でも、十津川と直子の夫婦愛を確認できるという点でも、「直子もの」の白眉《はくび》ともいえる一編である。

この他にも、友人と阿蘇《あそ》へ旅に出た直子が轢《ひ》き逃げの容疑で逮捕されてしまう「阿蘇幻死行」（初収録・『下田情死行』文藝春秋、現・『十津川警部　悪女』祥伝社、『十津川警部捜査行　阿蘇・鹿児島殺意の車窓』実業之日本文庫）や、尿管結石《にようかん》で救急入院した病院のなかで密《ひそ》かに行なわれていた犯罪を暴く「特別室の秘密」（初収録・『十津川警部の死闘』一九九九年光文社）など、直子の「事件簿」に収めたい作品はまだまだあるが、本書に収録したのは、そうした中でも選《え》りすぐりの四編である。十津川直子の魅力をじっくりと味わっていただきたい。

※解説中で言及された作品の書誌については、初刊行、初収録と、現在新刊書店さんで入手可能な書名を記しました（編集部）。

初出及び収録先リスト

・百円貯金で殺人を　『小説ＮＯＮ』祥伝社　２０１２年　２月号
『十津川直子の事件簿』収録（祥伝社―12年5月　同文庫―23年9月……本書）
『十津川警部　姥捨《おばすて》駅の証人』収録（祥伝社文庫―16年10月　双葉文庫―20年7月）

・特急あいづ殺人事件　『週刊小説』　実業之日本社　１９８９年　３月17日号
『特急ひだ3号殺人事件』収録
（実業之日本社―90年7月　角川文庫―94年9月　中公文庫―07年8月
実業之日本社新装版―10年9月）
『十津川警部捜査行　愛と哀しみのみちのく特急』収録
（実業之日本社―07年11月　双葉文庫―08年11月　小学館文庫―20年1月）
『十津川直子の事件簿』収録（祥伝社―12年5月　同文庫―23年9月……本書）

・愛犬殺人事件　『オール讀物』　文藝春秋　１９９７年　５月号

『野猿殺人事件』収録（文藝春秋—97年7月　同文庫—00年6月）
『最新「珠玉推理《ベスト・オブ・ベスト》」大全 中』収録（光文社—98年9月
同文庫：『怪しい舞踏会』と改題—02年5月）
『十津川直子の事件簿』収録（祥伝社—12年5月　同文庫—23年9月……本書）

・夜行列車「日本海」の謎　『オール讀物』文藝春秋　１９８２年　12月号
『雷鳥九号《サスペンス・トレイン》殺人事件』収録（光文社—83年7月　同文庫—87年4月
講談社文庫—01年2月）
『十津川警部捜査行　北陸事件簿』収録
（実業之日本社—04年11月　双葉文庫—05年11月　角川文庫—15年3月）
『十津川直子の事件簿』収録（祥伝社—12年5月　同文庫—23年9月……本書）
『西村京太郎の推理世界』収録（文藝春秋　文春ムック—22年5月）

本書は、祥伝社ノン・ノベルより２０１２年5月新書判で刊行されました。今回の文庫化に際しては、弊社の最新本文を底本としております。なお、各作品はフィクションであり、実在の個人・団体などとはいっさい関係ありません。

一〇〇字書評

切・り・取・り・線

購買動機（新聞、雑誌名を記入するか、あるいは○をつけてください）

□（　　　　　　　　　　）の広告を見て	
□（　　　　　　　　　　）の書評を見て	
□ 知人のすすめで	□ タイトルに惹かれて
□ カバーが良かったから	□ 内容が面白そうだから
□ 好きな作家だから	□ 好きな分野の本だから

・最近、最も感銘を受けた作品名をお書き下さい

・あなたのお好きな作家名をお書き下さい

・その他、ご要望がありましたらお書き下さい

住所	〒				
氏名		職業		年齢	
Eメール	※携帯には配信できません	新刊情報等のメール配信を 希望する・しない			

この本の感想を、編集部までお寄せいただけたらありがたく存じます。今後の企画の参考にさせていただきます。Eメールでも結構です。

いただいた「一〇〇字書評」は、新聞・雑誌等に紹介させていただくことがあります。その場合はお礼として特製図書カードを差し上げます。

前ページの原稿用紙に書評をお書きの上、切り取り、左記までお送り下さい。宛先の住所は不要です。

なお、ご記入いただいたお名前、ご住所等は、書評紹介の事前了解、謝礼のお届けのためだけに利用し、そのほかの目的のために利用することはありません。

〒一〇一-八七〇一
祥伝社文庫編集長　清水寿明
電話　〇三（三二六五）二〇八〇

祥伝社ホームページの「ブックレビュー」からも、書き込めます。

www.shodensha.co.jp/bookreview

祥伝社文庫

十《と》津《つ》川《がわ》直《なお》子《こ》の事《じ》件《けん》簿《ぼ》

令和 5 年 9 月 20 日　初版第 1 刷発行

著　者　西村《にしむら》京太郎《きようたろう》
発行者　辻　浩明
発行所　祥伝社《しょうでんしゃ》
東京都千代田区神田神保町 3-3
〒 101-8701
電話　03（3265）2081（販売部）
電話　03（3265）2080（編集部）
電話　03（3265）3622（業務部）
www.shodensha.co.jp

印刷所　萩原印刷
製本所　ナショナル製本
カバーフォーマットデザイン　芥 陽子

Printed in Japan ©2023, Kyōtarō Nishimura ISBN978-4-396-35005-5 C0193